I0781072

TAMBIÉN POR TINA FOLSOM

Vampiros de Scanguards

La Mortal Amada de Samson (#1)

La Revoltosa de Amaury (#2)

La Compañera de Gabriel (#3)

El Refugio de Yvette (#4)

La Redención de Zane (#5)

El Eterno Amor de Quinn (#6)

El Hambre de Oliver (#7)

La Decisión de Thomas (#8)

Mordida Silenciosa (#8 ½)

La Identidad de Cain (#9)

El Retorno de Luther (#10)

La Promesa de Blake (#11)

Reencuentro Fatídico (#11 ½)

El Anhelo de John (#12)

La Tempestad de Ryder (#13)

La Conquista de Damian (#14)

El Reto de Grayson (#15)

El Amor Prohibido de Isabelle (#16)

La Pasión de Cooper (#17)

La Valentía de Vanessa (#18)

Deseo Mortal (Storia breve)

Guardianes Invisibles

Amante Descubierto (#1)

Maestro Desencadenado (#2)

Guerrero Desentrañado (#3)

Guardián Descarriado (#4)

Inmortal Develado (#5)

Protector Inigualable (#6)

Demonio Desatado (#7)

Vampiros de Venecia

Raphael e Isabella (#1)

Dante y Viola (#2)

Lorenzo y Bianca (#3)

Nico y Oriana (#4)

Fuera del Olimpo

Un Toque Griego (#1)

Un Aroma a Griego (#2)

Un Sabor Griego (#3)

Un Silencio Griego (#4)

El Club de los Solteros

Escolta Legal (#1)

Amante Legal (#2)

Esposa Legal (#3)

Una Noche Loca (#4)

Un Largo Abrazo (#5)

Una Caricia Ardiente (#6)

MORDIDA SILENCIOSA

UNA BODA EN SCANGUARDS

VAMPIROS DE SCANGUARDS # 8 ½

TINA FOLSOM

1

Al ver el pálido cuello de Ursula, Oliver sintió que un escalofrío le recorría la espina dorsal y se le disparaba en las pelotas como una lanza. Era un tipo de dolor placentero el que experimentaba: intenso, pero al mismo tiempo no quería que se detuviera.

Sus dedos se alargaron y sus uñas se convirtieron en afiladas púas. Eran las garras de una bestia, porque eso es lo que aún era por dentro, lo que siempre sería, a pesar de su refinado exterior y de la amable coraza que vestía para todo el mundo.

Ursula era la única que lo sabía, porque lo veía cada día y cada noche: el hambre que seguía cociéndose a fuego lento bajo la superficie. El hambre insaciable de sangre. Pero ahora era diferente.

En cuanto se transformaba, él solía hundir los colmillos en cualquier cuello que tuviera la desgracia de cruzarse en su camino. Ahora, más de medio año después, su gusto se había vuelto mucho más sofisticado. Sin embargo, no tenía nada de refinado. Nada suave ni dulce. Ni civilizado.

Solo había cambiado una cosa. La mujer que le ofrecía su cuello noche tras noche le importaba más de lo que nunca le había importado nadie. Se había enamorado de ella antes de probar su sangre, antes incluso de conocerla de verdad, y no dudaría en sacrificar su propia vida para salvar la de ella.

No se habían separado desde la noche en que él la había mordido por primera vez, cuando ella le había ofrecido libremente su vena, a pesar del calvario por el que ella había pasado durante tres largos años. A pesar del asco que había asociado al acto hasta entonces. Pero Ursula había dejado a un lado sus temores y se había entregado a él, había confiado en él y había dejado de lado la pesadilla que había experimentado en el burdel de sangre.

Para él.

Porque confiaba en que él no le haría daño.

—¿Qué te pasa? —La voz de Ursula salió del clóset del que ella había sacado su ropa para meterla en varias cajas grandes.

—¡Esto! —Señaló las cajas de la mudanza.

Ella inclinó la cabeza hacia un lado y suspiró pesadamente, con sus ojos almendrados rogándole comprensión. Cuando apartó un mechón de su pelo lacio y negro como el de un cuervo, por detrás del hombro, el gesto le recordó lo que él sentía cuando hundía la cara en su pelo y olía su aroma único, un aroma que procedía de su sangre especial. Sangre que tenía el poder de drogar a un vampiro. Una sangre tan adictiva que sus amigos y colegas de Scanguards habían intentado alejarlo de ella cuando lo descubrieron.

—Pero lo acordamos —dijo en voz baja.

Oliver dio un paso hacia ella, la bestia que llevaba dentro aullando y exigiendo que la dejaran salir de su jaula.

—Sé que lo acordamos, pero eso no significa que tenga que gustarme.

—A mí tampoco me resulta fácil —respondió ella, dejando caer un montón de camisetas en una caja y acercándose a él con gracia felina.

Siempre le había parecido hermosa, desde la primera noche en que había caído literalmente en sus brazos en una de las zonas más lúgubres de San Francisco. Se dio cuenta de que nunca habría tenido ninguna posibilidad de resistirse a ella, ni siquiera si su sangre hubiera sido ordinaria. Ni siquiera entonces habría sido capaz de desenredarse de la belleza asiática que le aceleraba el corazón cada vez que la miraba.

Aunque su corazón no era el único órgano que ella codiciaba.

No podía comprender cómo iba a sobrevivir sin ella.

—Por favor —susurró cuando llegó hasta él, colocando la palma de la mano en su mejilla—, no hagas esto más duro de lo que ya está.

Al oír sus palabras, le cogió la mano y la deslizó hasta la parte delantera de sus pantalones de mezclilla, presionándola contra el bulto que se había formado allí. El bulto que siempre estaba presente cuando él estaba cerca de ella.

—¿Más duro? —repitió—. No creo que pueda ponerse más duro.

Ursula soltó una risita.

—¿Es lo único en lo que piensas?

Oliver deslizó la mano por su nuca para acercarla hacia él.

—No. También pienso cómo no poder hacer esto.

Acercó sus labios a los de ella, presionando suavemente su boca. Cuando le lamió la comisura de los labios, ella los separó ligeramente para darle su aliento.

—Hmm... —murmuró.

—¿No lo reconsiderarías? —la engatusó.

—No puedo.

Pero él no quería aceptar su respuesta.

—Piensa en lo que te perderías. —Él capturó su boca por completo y deslizó la lengua entre sus labios entreabiertos, explorando su calor, bailando con su lengua.

Ursula separó sus labios de los de él.

—Oliver, no tenemos tiempo.

—Solo una última vez —él insistió mientras le estiraba de la camiseta, subiéndosela por el torso.

—Pero...

Él silenció su protesta con un beso y deslizó las manos por debajo de la camisa, acariciando su suave piel. Cuando sus manos subieron para encontrar su sostén, se detuvo por un breve instante. No sabía por qué ella se molestaba en usarlo. Sus jóvenes pechos eran perfectamente firmes y redondos y no necesitaban soporte. Además, nunca lo usaba por mucho tiempo, porque él siempre encontraba la forma de quitárselo para poder acariciarle las tetas cuando quisiera — lo cual ocurría con frecuencia.

Oliver tardó dos segundos en encontrar el broche del sujetador y abrirlo. Inmediatamente, deslizó las manos bajo el sujetador y le cogió los pechos, apretándolos ligeramente.

Ella gimió en su boca, y al mismo tiempo él oyó cómo se aceleraban los latidos de su corazón. Tocarle los pechos y acariciarle los pezones nunca dejaba de excitarla. Aunque ahora no tenían tiempo para eso, ella le respondía como si su cuerpo no pudiera evitarlo.

—Eso es, nena —murmuró, soltando sus labios durante un breve instante—. Tú también quieres esto —aspiró su aroma embriagador—. No puedes esperar a sentirme dentro de ti.

—Oliver, esto es una locura. Tenemos que ir al aeropuerto. —A pesar de su protesta, ella no lo apartó, sino que apretó la pelvis contra su rígida verga.

—Tenemos unos minutos.

E iba a aprovechar el tiempo que les quedaba. Sin permitirle protestar más, le tiró de la camiseta por encima de la cabeza y le quitó el sostén de los hombros, dejándolo caer descuidadamente al suelo.

—Desnúdame —le ordenó mientras contemplaba sus hermosos pechos rematados por unos pezones oscuros. Pezones duros. Sí, no se podía negar que estaba tan excitada como él.

Ursula dejó escapar un suspiro.

—Sabes que haré que valga la pena. Siempre lo hago —él susurró, dándole un beso en el cuello y rozándole la piel con los afilados colmillos que ya habían descendido.

Ella se estremeció bajo el contacto.

—Oh, Dios.

Sus labios dejaron de protestar. En lugar de eso, sus manos se pusieron a trabajar, liberándole de la camisa y abriéndole el botón y la cremallera de los pantalones. Cuando se los pasó por las caderas, él la ayudó a sacar de ahí sus piernas. Antes de que ella pudiera quitarle los calzoncillos, él la ayudó a quitarse los pantalones.

Ella sólo llevaba una diminuta tanga que apenas cubría su tentadora carne. Además, el material era prácticamente transparente y no ocultaba nada a su visión vampírica.

Oliver se relamió los labios anticipando lo que ocurriría ahora. Le encantaba satisfacer dos de sus mayores antojos a la vez. Dos pájaros de un tiro. No solo era absolutamente excitante tomar su sangre mientras estaba dentro de ella, sino que en su caso y en el de Ursula también era necesario. Solo después de que ella alcanzara el orgasmo, el efecto narcótico de su sangre se atenuaría durante un breve periodo de tiempo para que beber de ella no lo convirtiera en un adicto enloquecido. Menos de una hora después de su orgasmo, su sangre sería tan peligrosa como antes y, por tanto, estaría prohibida para él.

Oliver deslizó la mano dentro de sus bragas, peinando el triángulo de rizos pulcramente recortados que guardaba su sexo, y se dirigió más hacia el sur. La calidez y la humedad recibieron sus dedos cazadores. Al instante, su verga empezó a sacudirse, deseando sentir lo mismo que sus dedos.

—Sácame la verga —gritó, impaciente por que la tocara, porque por muchas veces que hubiera hecho el amor con ella en los últimos meses, cada vez era diferente y nueva. Y más excitante que la anterior.

Unos instantes después, sintió que las manos de ella le empujaban los calzoncillos, deslizándolos por las piernas. Luego, una mano lo envolvió.

—¿Así? —preguntó Ursula con un tono provocativo en la voz.

—Sí, así, como si no lo supieras.

Le apretó la verga con la mano, haciendo que el corazón le latiera con fuerza en la garganta.

—¡Carajo, nena!

Él gimió con fuerza y echó la cabeza hacia atrás, deleitándose por un momento con su suave contacto. Entonces sus dedos se movieron, bañándose en su humedad antes de deslizarse de nuevo hacia arriba, donde residía su centro de placer. Cuando deslizó un dedo sobre él, presionando ligeramente, ella parpadeó y emitió un jadeo audible. Él conocía tan bien su cuerpo, sabía exactamente cómo hacerla ronronear como una gatita, cómo hacerla retorcerse bajo él en éxtasis y cómo hacerla estremecerse entre sus brazos. Y no se cansaba de hacerlo, de ver cómo sus labios se curvaban en una sonrisa sensual, sus ojos se oscurecían de pasión y su cuerpo temblaba de deseo.

Porque a su vez provocaba una reacción en él: todo su cuerpo empezó a arder de necesidad, la necesidad de poseerla, de hacerla suya para siempre. El deseo le abrasaba por dentro. Las brasas ardientes de su amor por ella se encendían de nuevo cada vez que miraba su cuerpo pecaminoso, cada vez que besaba sus labios sensuales y tocaba su piel sedosa. Era como si ella lo hubiera hechizado mirándolo con sus ojos almendrados como si fuera el único hombre que le importaba.

Tal como ella le miraba ahora.

—Tómame —murmuró ella, casi sin mover los labios—. Necesito sentirte.

—Pensé que nunca me lo pedirías.

En cuestión de segundos la puso sobre la cama, le quitó las bragas y le abrió las piernas. La había tomado de todas las formas posibles en los últimos meses, pero lo que más le gustaba era tener a

Ursula debajo de él y mirarla a los ojos cuando la penetraba. Le encantaba ver su reacción cuando se hundía en su apretado coño y la estiraba. Le encantaba cómo se le escapaba la respiración de los pulmones cuando la penetraba más de lo que ella creía que podía. Le encantaba cómo sus pechos rebotaban de un lado a otro y de arriba abajo con cada embestida.

—No me hagas esperar —suplicó ahora Ursula.

Una sonrisa se dibujó en los labios de Oliver. Ni siquiera se había dado cuenta de que se había quedado mirándola, deleitándose con su belleza.

—No, amor mío, nunca te haré esperar.

Luego le acercó la verga a los labios inferiores y se sumergió hasta los cojones. Un escalofrío le recorrió la espina dorsal y le llegó hasta los huevos, amenazando con desatarlo. Con ella siempre era así. La primera embestida en su apretada y sedosa envoltura siempre le producía ese efecto, porque era el momento en que recordaba lo que más echaba de menos cuando ella no estaba entre sus brazos, jadeando. Echaba de menos la forma en que lo aprisionaba dentro de ella. La forma en que lo encadenaba a su cuerpo y a su alma con solo el más mínimo apretón de sus músculos interiores, algo de lo que ella probablemente ni siquiera era consciente.

Cada vez que sentía que ella le apretaba así, sentía como si le apretaran el corazón de la misma manera. Como si ella tuviera su corazón en la mano. Porque así era. Porque su corazón le pertenecía.

Cuando sintió las manos de Ursula en sus caderas, instándole a moverse, él cumplió sus deseos, siguiendo el ritmo que ella le dictaba. Lentamente, entraba y salía de ella, cambiando de ángulo para que, con cada descenso, su pelvis se meciera contra su clítoris. Al principio de su relación, ella había tenido problemas para dejarse llevar, pero habían superado ese obstáculo y ahora Ursula le respondía libremente y sin inhibiciones, empujando su cuerpo contra él para aumentar la presión sobre su clítoris. Él reaccionó a su señal y empezó a moverse más deprisa mientras intentaba contener su propia necesidad de llegar al clímax, una tarea que se le hacía cada segundo más difícil.

Intentó distraerse, pero al mirarla, vio cómo pequeños riachuelos de sudor corrían desde su cuello hasta el valle de sus pechos. Hacía que su piel brillara aún más intensamente y que su olor fuera más poderoso, atrayéndolo aún más hacia ella.

—¡Oh, Dios, nena! —gritó, demasiado consciente de que sus colmillos estaban en su máximo esplendor, listos para una mordida —. ¡Necesito que te vengas! —Solo entonces podría clavarle los colmillos en el cuello y liberarse.

—Tan cerca —susurró entre jadeos.

—¿Qué necesitas, cariño? Dímelo.

—Por favor.

Su espalda se arqueó sobre la cama y sus pechos se inclinaron hacia él. Oliver agachó la cabeza y le agarró un pezón, lo chupó con avidez y sus colmillos rozaron la punta sensible. Bajo él, Ursula se estremeció, su cuerpo temblaba ahora.

Él se movió hacia el otro pecho, repitiendo la misma acción, mientras seguía introduciendo la verga más profundamente en su apretada concha. Sus caderas trabajaban a un ritmo acelerado, empujando y retirándose en rápida sucesión. Unas cuantas embestidas más y no podría contener su necesidad de hundir los colmillos en su carne; unas cuantas embestidas más y tomaría su sangre y dejaría que lo drogara, a pesar del desastre que eso supondría para ambos. A pesar de que le destruiría.

Todo su cuerpo empezó a temblar y supo que había perdido. Era su perdición. Ursula era su perdición, como todos habían predicho. No era lo bastante fuerte para resistirse a la tentación que representaba su sangre.

Sus labios se ensancharon mientras colocaba los colmillos a ambos lados de su pezón y daba un último suspiro. Atravesó su piel y cerró los ojos, sabiendo que había fracasado, cuando un escalofrío recorrió el cuerpo de Ursula mientras su orgasmo la inundaba.

El alivio le inundó al mismo tiempo que la sangre caliente se precipitaba en su boca y bajaba por su garganta. Si hubiera podido hablar, le habría dado las gracias por haberle salvado una vez más, pero no podía soltar el pecho que estaba chupando. Su sangre sabía rica y dulce. Perfecta. Y tomarla de su pecho se había convertido en uno de sus lugares favoritos para beber. Junto con el interior de su muslo, donde podía empaparse de su excitación al mismo tiempo que se alimentaba de ella.

—Oh, sí —ella lo animó ahora, deslizando la mano hasta su nuca para apretarlo más contra su pecho.

Oliver sabía lo mucho que le gustaba alimentarlo así, porque era algo que solo él hacía. A ninguna de las sanguijuelas del burdel de sangre en el que había estado prisionera durante tres largos años se le había permitido nunca extraerle sangre de otro lugar que no fuera el cuello o la muñeca.

Con una última embestida, se corrió e inundó su estrecho canal con su semilla. Todo su cuerpo tembló por la intensidad de su clímax. Pasaron largos momentos antes de que volviera a pensar con claridad y pudiera retirar los colmillos del seno. Lamió suavemente las dos pequeñas incisiones, sellándolas al instante. No quedarían cicatrices. Su saliva lo garantizaba.

Oliver dejó caer la cabeza junto a la de ella, respirando con dificultad.

—Me encanta cuando lo haces así.

Levantó la cabeza para mirarla.

—¿Cómo?

—Todo fuera de control.

Él sacudió la cabeza

—Estuvo cerca. Estuve a punto de morderte antes de que llegaras al clímax. Pero yo...

Ella le puso un dedo en los labios, impidiéndole continuar.

—Casi. Me aseguraré de que no ocurra.

Oliver dejó caer la frente sobre la de ella.

—Creía que se había hecho más fácil, pero no es así. ¿Y si un día no te vienes a tiempo?

—Entonces nos ocuparemos de ello. Juntos. —Le dio una suave palmada en el trasero—. Además, siempre puedes hacer que me venga.

Él se rio entre dientes.

—Eso es lo que a cualquier tipo le gusta oír. —Le dio un suave beso en los labios.

—Es hora de irse —murmuró ella.

—Lo sé.

2

___

Ursula se movía inquieta mientras observaba nerviosa la escalera mecánica que descendía desde la zona de llegadas hasta el área de reclamo de equipaje del Aeropuerto Internacional de San Francisco, donde Oliver y ella esperaban. Se volvió hacia él.

—Sabes qué decirles, ¿verdad? —preguntó.

Oliver le tomó la mano y se la llevó a los labios, dándole un suave beso en los nudillos.

— ¡No te veas tan ansiosa! Tus padres se preguntarán si pasa algo.

Ella suspiró.

—Bueno, eso es porque *sí* pasa algo. He estado viviendo en pecado contigo, y si alguna vez se enteran...

—¿Qué van a hacer? ¿Obligarme a casarme contigo? —dijo riendo entre dientes—. ¿Adivina qué? Lo vamos a hacer de todos modos.

—Aun así, no hay necesidad de incomodarles.

—¿Incomodarles? Creía que les caía bien.

—Les caes bien —ella le aseguró rápidamente—. Aunque estoy

segura de que habrían preferido que me casara con un buen joven chino en su lugar.

Oliver sonrió.

—Oye, dos de tres no está mal.

—¿Dos de qué tres? —preguntó ella.

Él levantó los dedos y empezó a contar:

—Bien parecido y estupendo en la cama. —Se encogió de hombros.

Ursula sacudió la cabeza y puso los ojos en blanco.

—Sí, sobre esto último. Seguro que a mis padres no les haría ninguna gracia que me hubiera juntado contigo todos estos meses mientras pensaban que vivía en los dormitorios de la Universidad de Berkeley.

—¿Vivir conmigo? Yo no lo llamaría así. —Le dedicó una suave sonrisa, sus ojos se posaron en sus labios y acercó la cabeza—. En realidad, prefería que lo llamaras "vivir en pecado". Suena mucho mejor.

Ursula le dio un codazo en las costillas.

— Eres terrible. Ojalá te lo tomaras en serio.

—¿Te refieres a lo de "vivir en pecado"? Me lo tomo muy en serio. Y creía que te gustaba. Me gustó. Inmensamente.

Sintió que todo su cuerpo se enrojecía de calor. Él podía hacerle eso con la forma en que la miraba a los ojos, su boca se entreabría y sus colmillos empezaban a alargarse en señal de su deseo por ella.

—Oliver, tus colmillos... —susurró en voz baja.

Cerró la boca al instante y tragó saliva.

—Mira lo que me haces. Empiezas a hablar de pecado y me pongo primitivo.

Ella no pudo evitar sonreír.

—Quizá entonces sea bueno que nos casemos. Al menos así ya no se considerará un pecado.

Oliver se inclinó hacia ella y le dio un suave beso cerca de la oreja.

—Me da igual cómo se llame. No cambiará lo que siento por ti. Ni el hecho de que la próxima semana será tortura pura para mí.

Ella levantó los ojos para encontrarse con su mirada.

—Es la única forma que tenemos de ocultar a mis padres lo que ha estado pasando los últimos meses.

Dejó escapar un suspiro resignado.

—Repasemos otra vez la historia, para no confundirnos —sugirió, y echó otra mirada a la escalera mecánica, mientras empezaba a bajar más gente.

—De acuerdo —aceptó Oliver—. Has estado viviendo en los dormitorios, pero para prepararte para la boda, hoy te has mudado a la habitación de invitados de la casa de mis padres, y tus padres se quedarán en mi habitación, mientras yo me mudo con Samson hasta la boda. — Se pasó una mano por el revuelto pelo oscuro—. Espero acordarme de llamar a Quinn papá. Al menos a Rose aún puedo llamarla Rose.

—¿Por qué?

—Bueno, ella no es mi madre. Solo estoy emparentado con Quinn por ser mi padre. Así que deberíamos decirles a tus padres que Rose es mi madrastra. Así no me confundiré cuando me dirija a ella como Rose.

El pánico se apoderó de Ursula. Los cambios de última hora en un plan establecido siempre significaban un desastre.

—¿Ya has hablado de eso con Quinn y Rose?

Oliver le apretó la mano.

—No te preocupes por eso. Lo he hablado con ellos y también con Blake.

Aliviada, Ursula soltó un suspiro.

—De acuerdo. ¿Y Blake sabe qué decir y hacer?

Blake, que era humano y el cuarto bisnieto de Rose y Quinn, podía ser algo tonto, pero ella esperaba que se alineara al plan que habían trazado y les ayudara a engañar a sus padres diciéndoles que la familia Ralston-Haverford-Bond — Quinn Ralston, Rose Haverford, Blake Bond y Oliver, que había adoptado el apellido de Quinn después de su transformación — era una típica familia americana y no estaba formada por tres vampiros y un humano.

—Blake se portará bien. Te lo prometo.

Ursula puso los ojos en blanco.

—Ya.

—Le mantendré a raya. Sigue cagado de miedo de que vuelva a morderle. Así que no te preocupes por él.

Ella le sonrió suavemente.

—Pero eso es pura pose. Sé que no le morderás. Ni siquiera te gusta su sangre.

Oliver tiró de ella para acercarla más a su cuerpo.

—Eso es porque me has malcriado con el tuyo. Todo lo demás me sabe a ácido de batería — inhaló profundamente—. Dios, ahora puedo oler tu sangre.

Ursula se estremeció cuando él posó los labios en su cuello y la besó suavemente.

—Tienes que parar. La gente nos está mirando.

—Me estás matando, nena. Espero que sepas lo que me pides al alejarme de tu cama durante toda una semana.

Levantó la cabeza y sus miradas se cruzaron. El borde de sus iris brillaba con un tono dorado, señal de que su lado vampírico estaba emergiendo.

Ella le acarició la mejilla.

—Lo sé, amor mío. Te lo compensaré más tarde.

—¿Cómo? —preguntó con voz ronca.

Se rio por lo bajo.

—¿Desde cuándo no tienes imaginación?

Dejó que su mano se deslizara hasta el cuello de él y le arañó con las uñas, sintiendo cómo su piel se ponía de gallina bajo su tacto.

Oliver gimió.

—Me muero de ganas. Después de esta noche, me han entrado

ganas de mucho más. —Sus ojos parecían penetrarla—. Mamar de tu pecho fue...

—¡Oh, no! —le interrumpió asustada. Acababa de recordar algo—. ¡Mi sostén!

Él la miró, sobresaltado.

—¿Qué pasa con tu sostén?

Le agarró del brazo.

—¡Todavía está en tu habitación! No lo recogí. ¿Dónde está? ¿Lo recogiste cuando trasladamos las cajas con mis cosas a la habitación de invitados?

Negó con la cabeza.

—No lo creo. No lo he visto por ninguna parte.

A Ursula se le aceleró el pulso.

—Oh Dios, mi madre lo va a encontrar y entonces lo sabrá.

—¿De verdad va a ser tanto problema? —preguntó en voz baja.

—¡Sí!

Oliver suspiró y sacó el celular del bolsillo.

—OK. Yo me encargo.

—¿Cómo?

Desbloqueó el celular y empezó a teclear.

—Le enviaré un mensaje a Blake para que lo busque.

—¿Blake? —La vergüenza la invadió—. No puedes dejar que Blake busque mi sostén.

Oliver ladeó la cabeza.

—Rose salió de compras, así que ella no puede hacerlo. Si no quieres que tu madre lo encuentre en mi habitación, tendrá que ser Blake.

Ursula rechinó los dientes.

—¡Mierda!

Su mirada se desvió hacia una multitud que bajaba por la escalera mecánica.

Se rio entre dientes.

—¿Supongo que eso es un "sí"?

Ella asintió a regañadientes y lo miró mientras él presionaba "enviar" en el celular antes de volver a metérselo en el bolsillo. No había tenido más remedio, porque acababa de ver a sus padres en lo alto de la escalera mecánica. No había tiempo para pensar en otra solución.

—¡Aquí están!

Desde lo alto de la escalera mecánica, sus padres descendieron, sus ojos escudriñando la sala de espera que había debajo. Su madre, una mujer menuda con un gusto y un estilo impecables, llevaba un traje que parecía diseñado por Chanel, aunque Ursula sabía que su madre nunca se gastaría tanto dinero en ropa. Era una auténtica cazadora de rebajas y Ursula estaba segura de que no se había gastado más de cien dólares en todo el traje, incluidos sus zapatos y su elegante bolso.

Involuntariamente, Ursula tuvo que sonreír. Su madre se escandalizaría si supiera cuánto dinero se estaba gastando la familia de Oliver en aquella boda. Sus padres gozaban de una buena posición económica, pues su padre ganaba un sueldo excepcionalmente elevado como diplomático de alto nivel de la embajada china en Washington D.C., así que no había necesidad de que su madre fuera frugal, pero estaba tan arraigado en ella que no podía evitarlo. Le parecía casi un deporte.

Ursula saludó al llamar la atención de su padre. Él le sonrió y luego tocó el brazo de su esposa para señalar hacia donde esperaban Ursula y Oliver. Emocionada, su madre le devolvió el saludo, pero Ursula volvió a mirar a su padre. Parecía como si hubiera adelgazado. Su rostro también parecía más pálido que de costumbre. Sacudió la cabeza. Las luces de neón no favorecían el tono de piel de nadie. Debía de ser una ilusión óptica o el cansancio del vuelo.

Cuando sus padres llegaron a los últimos peldaños de la escalera mecánica y bajaron de ella, Ursula se arrojó a sus brazos, los rodeó y los abrazó con fuerza.

—¡Los extrañaba! —dijo ella, secándose las lágrimas.

—Nosotros también te extrañamos, Wei Ling —dijo su padre, llamándola por su nombre chino como hacía tan a menudo.

—Vas a aplastar a tu madre si la aprietas más fuerte —dijo Oliver desde detrás de ella y le puso una mano en el hombro.

Ursula se apartó de su abrazo, enjugándose una lágrima que se le había escapado.

Oliver se puso a su lado y tendió primero la mano hacia su madre.

—Me alegro mucho de volver a verla, señora Tseng.

Su madre le tomó la mano y se la sacudió, luego puso la otra sobre ella para estrecharla.

—Joven, quizá sea hora de que dejes de llamarme señora Tseng. Me llamo Hui Lian —ella dijo con el acento chino que ni siquiera después de dos décadas en Estados Unidos había disminuido.

Oliver sonrió.

—Me gustaría mucho, Hui Lian. —Luego se volvió hacia su padre y le estrechó la mano extendida—. Me alegro de verle, señor.

—Llámame Yao Bang. Y teniendo en cuenta que me estás robando a mi única hija, yo también me alegro bastante de verte. Es bueno saber que estará en buenas manos.

Sus padres intercambiaron una mirada.

De repente, una extraña sensación de inquietud se deslizó por la espalda de Ursula como una serpiente. Le siguió un escalofrío.

—Bueno, vamos por su equipaje para que podamos llevarlos a casa —anunció Oliver e hizo un gesto hacia los carruseles.

ÉL NI SIQUIERA DEBERÍA ESTAR EN la planta de llegadas del Aeropuerto Internacional de San Francisco, pero había seguido a una mujer que olía especialmente bien y que había bajado desde la zona de salidas, donde estaba a punto de registrarse para tomar un vuelo nocturno a Nueva York. Cuando olió su tentadora sangre, decidió darse un último *snack* antes de su vuelo y la siguió.

Había acabado con San Francisco. Tras ser capturado por la gente de Scanguards, la autoproclamada fuerza policial y grupo de vampiros santurrones que se consideraban por encima de todos los demás, lo habían encarcelado a él y a otros como él por varios meses y los habían obligado a someterse a un programa de desintoxicación. "Rehabilitación", según ellos.

Él y los demás vampiros habían sido adictos a la sangre especial de las putas de sangre china que un burdel de sangre de Hunter's Point les había proporcionado. Pero un día el burdel de sangre había desaparecido y, poco después, los de Scanguards habían matado a su propietario y a los guardias, se habían llevado a las chicas y habían reunido a los clientes. ¡Para someterlos a tratamiento!

¡Tremenda pendejada! Ahora lo sabía. Y lo sabía porque, en uno de los carruseles de equipajes, uno de los supuestos guardaespaldas de Scanguards estaba de pie, abrazado a una de las putas de sangre que había reconocido. Y por los fragmentos de conversación que captó, se dio cuenta de que aquel vampiro, al que había conocido antes y cuyo nombre era Oliver, si no se equivocaba, se iba a casar con aquella puta de sangre.

¿No había dicho la gente de Scanguards que todas las putas de sangre habían sido enviadas a casa? Estaba claro que habían preparado un montón de mentiras, intentando apaciguarle a él y a los demás adictos, mientras a sus espaldas se quedaban con las putas de sangre para ellos.

Su boca salivó cuando el olor de la chica llegó hasta él. Aspiró el aroma hasta lo más profundo de sus pulmones. Al instante, su memoria sensorial proyectó imágenes vívidas en su mente. Nunca había experimentado nada tan estimulante como la sangre de aquellas mujeres. Era especial, y era como una droga para un vampiro. Él había experimentado esa droga y nunca había sentido un subidón tan potente como cuando había estado chupando el cuello de una de las putas de sangre.

Se le cerraron las tripas cuando resurgió la misma hambre. Se había creído limpio, pero parecía que la rehabilitación no había funcionado. Quería la sangre drogada de aquella mujer. Y no era justo que la gente de Scanguards se quedara con ese manjar. ¡Qué hipócritas! Le habían hecho sufrir a él y a los demás los síntomas del síndrome de abstinencia mientras ellos se atiborraban de la deliciosa sangre.

La mujer a la que había seguido antes estaba olvidada, al igual que su vuelo a Nueva York. No se marcharía. No, se quedaría y recibiría su parte justa. La china del brazo de Oliver se convertiría en su comida. Demostraría a esos arrogantes hombres de Scanguards que tenía tanto derecho como ellos a esa sangre.

Demostraría a Oliver que no tenía derecho a monopolizarla.

3

———————

Oliver dejó las dos maletas en el interior de su habitación y se dio la vuelta, indicando a sus futuros suegros que entraran.

—Espero que se encuentren a gusto aquí.

Los padres de Ursula entraron en la habitación y la recorrieron con la mirada, mientras Ursula entraba detrás de ellos, con los ojos igualmente examinando el dormitorio, aunque él estaba seguro de que buscaba su sostén. Blake no le había devuelto el mensaje, por lo que era posible que no hubiera recibido el mensaje que le ordenaba buscar el sostén o que estuviera fuera.

—Podríamos habernos alojado fácilmente en un hotel —dijo la madre de Ursula—. No había necesidad de pasar por todas estas molestias.

—No es ninguna molestia —él respondió rápidamente—. Mis padres pensaron que sería mejor que ustedes se quedaran en mi habitación. Y Ursula estará en la habitación de invitados. Así estarán todos juntos, lo que facilitará mucho los preparativos de la boda.

El padre de Ursula miró a su hija.

—¿Te vas a quedar en esta casa, Wei Ling?

—Sí, papá, pero solo por los preparativos de la boda. Acabo de trasladar mis cosas de la residencia esta mañana. Me costaría mucho trabajo pasar cada día por el puente desde Berkeley y volver. Perdería demasiado tiempo, y hay tanto que hacer —respondió Ursula apresuradamente.

—No creo que sea apropiado que te quedes en la misma casa que Oliver. Trae mala suerte —interrumpió su madre y se volvió hacia Oliver—. Lo siento, Oliver, pero no podemos hacerlo. Podemos irnos a un hotel con Ursula. A algún sitio céntrico.

Oliver tomó aire. Ursula le había advertido de que sus padres eran anticuados y supersticiosos.

—En realidad no es un problema. No me quedaré aquí esta semana. Me quedaré en casa de mi jefe hasta la boda.

La Sra. Tseng arqueó una ceja.

— ¿La casa de tu jefe? Es muy generoso de su parte dejarte quedarte. Bueno, entonces, por supuesto —. Intercambió una mirada con su marido.

El padre de Ursula asintió.

—Gracias, Oliver. Eres muy considerado. Esto parece muy cómodo y espacioso.

Aliviado, Oliver señaló una puerta.

—Tienen su propio cuarto de baño y una sala de estar para que puedan relajarse. Pero siéntanse libres de utilizar cualquier parte de la casa. Les daré un recorrido cuando se hayan refrescado.

Su oído sensible captó el sonido de pasos en las escaleras. Entonces llegó hasta él un olor humano. Reconoció el olor de inmediato. Un momento después, Blake asomó la cabeza por la puerta.

—¡Hey! —dijo.

—Hui Lian, Yao Bang, les presento a mi medio hermano, Blake. Blake, estos son los padres de Ursula, el señor y la señora Tseng.

Blake dejó que una gran sonrisa se dibujara en su rostro mientras caminaba hacia ellos y les estrechaba la mano.

—Encantado de conocerlos por fin. Ursula habla de ustedes día y noche.

—¿Día y *noche*? —repitió su padre, dirigiendo una mirada severa a Ursula.

¡Mierda! Pensó Oliver. Que Blake dijera algo que podría meterlos en problemas.

—Lo que Blake quiere decir es que Ursula habla de ustedes siempre que nos visita. Ya saben, durante el día.

Oliver sintió que le sudaba la nuca. Lanzó una mirada de disgusto a Blake, que se encogió de hombros, mientras los padres de Ursula miraban a su hija.

—Sí, ya te lo he dicho, papá. La familia de Oliver me invita a cenar muy a menudo —añadió Ursula y sonrió.

Bueno, no era del todo mentira, solo que Ursula se había convertido en la cena favorita *de Oliver* y que, tras ser invitada a quedarse por primera vez, nunca se había marchado. Pero no eran más que detalles sin importancia, aunque tuvieran que ocultárselos a sus padres. Junto con el otro detalle menor que tenían que ocultar: el hecho de que eran huéspedes en una casa de vampiros y que su hija se iba a casar con un vampiro.

¿En qué demonios había estado pensando? ¡Esto nunca funcionaría! No su unión con Ursula. No, serían perfectos juntos, pero guardar el secreto sobre lo que él era a los padres de ella.

—¿Cuándo conoceremos a tus padres, Oliver? —preguntó de repente el padre de Ursula.

—No tardarán en volver. Creo que Rose tenía que hacer unas compras —respondió Oliver, contento porque el tema cambió hacia algo menos delicado que los arreglos para dormir y cuánto tiempo pasaba Ursula en su casa.

—¿Rose? ¿Llamas a tu madre por su nombre de pila? —preguntó sorprendido Yao Bang.

—Bueno, es mi madrastra, así que siempre la he llamado Rose en vez de mamá.

—Ah —interrumpió la madre de Ursula—. Entonces, ¿Rose es tu madre, Blake?

—Sí, pero, bueno, como Oliver siempre la llamaba Rose cuando crecíamos, yo también la llamo Rose.

Oliver se volvió para que los padres de Ursula no pudieran verle la cara y puso los ojos en blanco mirando a Blake. ¿Tenía que cambiar las reglas del juego? Habían hablado expresamente de quién llamaría a quién. Y ahora Blake ponía patas arriba todo el engranaje. Pronto les estallaría en la cara.

—Ya veo —comentó el Sr. Tseng—. Bueno, mientras se lleven bien.

Luego se volvió para examinar la habitación una vez más, y su mujer hizo lo mismo.

Se acercó a la cama y colocó su bolso sobre ella.

—¡Vaya! —dijo de repente la señora Tseng con un sobresalto y miró en dirección a su buró de noche. Oliver la siguió con la mirada, pero el padre de Ursula le bloqueaba la vista.

Oliver se volvió hacia Ursula, que estaba a su lado, captando su mirada de pánico, mientras oía cómo se aceleraban los latidos de su corazón. Estaba claro que ella pensaba lo mismo que él: su madre había visto el sostén de Ursula en el suelo.

Ahora no tenía opción. Él tenía que borrar la memoria de los padres para asegurarse de que nunca recordaran haber visto la incriminatoria ropa interior de Ursula en su dormitorio. Respiró hondo cuando sintió la mano de Blake en su hombro. Al instante se volvió hacia él. Su medio hermano sacudió ligeramente la cabeza y dejó caer la mirada. Oliver la siguió hasta el bolsillo de los jeans de Blake. De él asomaba un poco de encaje negro. Sonrió y lo empujó hacia abajo con la mano, haciéndolo desaparecer de la vista de Oliver.

Oliver le dio las gracias en silencio y se volvió hacia su futura familia política. Si la Sra. Tseng no había encontrado el sostén, ¿entonces qué estaba mirando?

Con inquietud, Oliver dio unos pasos para rodear al Sr. Tseng y vio qué era lo que la Sra. Tseng encontraba tan ofensivo.

Tuvo que reprimir una carcajada cuando por fin vio la prenda. Allí, entre el buró y la cabecera, uno de sus calzoncillos se había enganchado y colgaba suspendido entre los dos muebles.

—Lo siento mucho —se apresuró a decir, tomó el objeto y lo hizo una bola en el puño, luego intentó metérselo en el bolsillo de su chaqueta.

—Quizá, después de todo, era demasiado inconveniente hacerte renunciar a tu habitación. No deberíamos habértelo impuesto —dijo su madre.

—No, no. No están imponiendo nada. Perdonen. Supongo que hoy tenía prisa.

Sí, tenía prisa por hacer el amor con Ursula una vez más antes de verse obligado a abandonar la casa hasta la boda. Cuando se vistió después de hacer el amor, estaba tan aturdido que no encontró los calzoncillos al instante y se limitó a tomar un par nuevo de sus cajones.

Cuando oyó ruidos detrás de él, suspiró aliviado. La caballería había llegado.

—Bueno, parece que han llegado nuestros invitados —dijo Quinn desde la puerta al entrar, con su mujer Rose pisándole los talones.

—Siento mucho no haber estado aquí para saludarles —se disculpó Rose al instante y tendió la mano a la madre de Ursula.

—Ella es Rose, mi madrastra, y él es Quinn, mi padre —les presentó Oliver—. Papá, Rose, ellos son Hui Lian y Yao Bang Tseng.

Observó cómo las caras de los padres de Ursula se tornaban de sorpresa mientras estrechaban las manos e intercambiaban saludos con Rose y Quinn.

—Se ven tan jóvenes —dijo finalmente la madre de Ursula. El Sr. Tseng asintió con la cabeza.

—Buenos genes —respondió Quinn con una amplia sonrisa en la cara.

—Nos lo dicen siempre. —Rose soltó una suave carcajada e intercambió una mirada cariñosa con su compañero de sangre—. Prácticamente éramos niños cuando nos conocimos. Nos casamos muy jóvenes.

Oliver echó un rápido vistazo a Quinn y Rose. Ambos no solo parecían tener unos veinte años, sino que además no se parecían en nada a él ni a Blake. Mientras que Blake y él eran morenos, sus supuestos padres eran rubios y de piel clara. No había ningún parecido familiar entre los cuatro y con razón. Quinn había engendrado a Oliver con su sangre y lo había convertido en vampiro cuando yacía moribundo tras un horrible accidente de coche, y Blake, aunque era pariente de sangre de ellos, no había conservado nada del aspecto rubio de Rose y Quinn. A Blake le separaban seis generaciones, y de hecho eran sus cuartos bisabuelos.

—Espero que los dos estén cómodos aquí —continuó Quinn.

—No queríamos echar a Oliver para ocupar su habitación —respondió el padre de Ursula, señalando a su alrededor—. Pero muchas gracias. Seguro que estaremos muy a gusto aquí.

—¡Excelente! —asintió Quinn.

—Cuando hayan desempacado y hayan descansado, ¿por qué no bajan para enseñarles la casa? —ofreció Rose—. Los próximos días van a ser un caos con los preparativos de la boda, así que llené la cocina con todo lo que puedan necesitar y, en vez de sentarnos a comer y a cenar, pensé que todos mejor podrían servirse lo que quieran. ¿No le parece? —. Le sonrió a la Sra. Tseng.

La madre de Ursula la miró algo atónita, pero luego asintió.

Rose sonrió. Habían acordado este arreglo cuando discutían cómo ocultar a los Tseng el hecho de que ni Rose, ni Quinn, ni Oliver consumían alimentos.

—Será mucho más fácil teniendo en cuenta que todos tendremos horarios diferentes. Con la construcción de la tienda, las pruebas de última hora para el vestido y cualquier otra cosa que surja.

—¿Una tienda? —preguntó de repente el padre de Ursula —. ¿Para qué?

Quinn se adelantó y rodeó con el brazo el hombro del señor Tseng.

—Se lo mostraré. —Lo condujo hasta la ventana y señaló el jardín que había debajo—. Haremos montar una gran tienda que cubrirá todo el jardín. Allí tendrán lugar la ceremonia y la recepción.

Oliver vio cómo la Sra. Tseng se ponía al lado de su marido.

—Oh, eso suena lindo.

Ursula se acercó más a Oliver, y él la atrajo instantáneamente contra sí, robándole un beso mientras sus padres miraban por la ventana.

—Será perfecto —le susurró al oído, mordisqueándole suavemente el lóbulo—. Y después, te haré mía para siempre.

4

Él había estado vigilando la casa media noche, hasta que Oliver salió y se marchó a pie poco después de las dos. Estaba solo. La puta de sangre no estaba con él. Seguía dentro de la casa, junto con sus padres y otros dos vampiros, además de un varón humano.

Esperó a que Oliver hubiera desaparecido por completo de su vista antes de abandonar su escondite al otro lado de la calle y acercarse a la casa.

Haría falta algo de planificación para llegar hasta la chica, ya que aún estaba rodeada de demasiada gente, dos de los cuales eran vampiros. Si todos hubieran sido humanos, simplemente entraría en la casa ahora y la atraparía. Los humanos se convertirían en daños colaterales. Sin embargo, los dos vampiros podrían ser un problema.

Pero no se rendiría fácilmente. Seguiría observando y encontraría un punto débil. Como un tigre, acecharía y vigilaría a su presa hasta que se le presentara una oportunidad. Entonces haría su movimiento y robaría a la puta de sangre delante de sus narices. Si los vampiros que dirigían Scanguards pensaban que podían imponer normas a los demás, pero no vivir según ellas, él les enseñaría lo que pensaba al respecto.

Su mirada se desvió hacia las ventanas de los pisos superiores. Algunas de ellas aún estaban iluminadas. Se quedó quieto y observó. Esperó. Sabía cómo hacerlo, cómo permanecer en silencio sin moverse durante horas. Cómo respirar apenas para no hacer ruido. Cómo permanecer casi invisible. Cómo pasar desapercibido.

En su interior, su hambre crecía. Aunque era imposible, creyó oler la sangre de la puta de sangre desde donde estaba, a la sombra de un frondoso árbol. Sí, había echado de menos ese olor, ese sabor. Lo había echado de menos mientras había estado en rehabilitación. Mientras aquel psiquiatra loco, el Dr. Drake, parloteaba sobre la contención y la fuerza de voluntad mientras se sentaban en grupos para hablar de cómo se *sentían* acerca de su adicción. Había odiado aquellas sesiones. Pero les había seguido el juego porque sabía que, si no lo hacía, nunca le darían el alta. Le había mucho tiempo. Más que a muchos otros vampiros. Había sido uno de los últimos en salir de las celdas subterráneas de Scanguards, que se había convertido en un centro de tratamiento clandestino con visitas diarias del Dr. Drake y su sexy ayudante de enormes pechos.

Lástima que fuera una vampiresa. Si hubiera sido humana, le habría clavado los colmillos en las tetas a la primera oportunidad. En cambio, los prisioneros habían sido alimentados con sangre embotellada. Sangre fría y sin vida. Eso también lo odiaba. Pero, una vez más, les había seguido el juego. Todo para que lo liberaran.

Y mientras sufría en su celda, luchando contra su hambre de aquella sangre especial, luchando contra su impulso de arremeter contra sus captores, Oliver se había estado atiborrando de una de las putas de sangre. Bueno, no por mucho más tiempo. Pronto sería suya.

Voy por ti, Ursula.

OLIVER SALUDÓ A DELILAH, la mujer de Samson, que le abrió la puerta.

—Así que te tenemos de vuelta una semana —dijo sonriendo y le besó en la mejilla.

Detrás de ella, Isabelle se tambaleó en el pasillo antes de caerse sentada entre risas.

—¡Vaya! —exclamó Oliver y se acercó a la niña —¡Está caminando!

—Sí, empezó la semana pasada, y cada día está más segura sobre sus dos pies. Creo que podrá caminar en tu boda.

Estiró los brazos hacia Isabelle y la levantó.

—¿Quieres decir que podría ser nuestra niña de las flores?

—Por si acaso, le he comprado un lindo vestido rosa para que tenga algo apropiado que ponerse. Pero no se lo digas todavía a Ursula, porque no sé si para entonces andará lo bastante bien. — Ella acarició con la mano el pelo oscuro de Isabelle—. No tenía ni idea de que los híbridos crecieran tan deprisa.

Isabelle le sonrió, mostrando sus pequeños colmillos.

—¡Oh, no, Isabelle! ¿De qué habíamos hablado? ¡Nada de enseñar los colmillos! Tal y como practicamos. Habrá muchos humanos por aquí esta semana, y no queremos que nos descubras, ¿verdad?

Isabelle dejó caer los párpados y cerró la boca, comprendiendo claramente las palabras de su madre.

—Ahora inténtalo de nuevo —la animó Delilah.

La niña separó los labios y mostró otra sonrisa a su madre. Esta vez no tenía colmillos.

—Perfecto. —Delilah la besó en la mejilla e Isabelle le tendió los brazos.

Oliver la soltó y se la entregó a su madre.

—Seguro que lo hará perfectamente. —Luego cambió de tema —. Entonces, ¿está Samson en casa o en el cuartel general?

Delilah señaló la parte trasera de la casa.

—Está en su despacho privado. Drake está aquí. Y también Gabriel y Zane. Samson dijo que te reunieras con ellos cuando llegaras.

—Gracias. —Él se volvió hacia el largo pasillo con paneles de madera que conducía a la parte trasera de la casa.

—Ah, y Oliver —le llamó Delilah—: te he preparado el cuarto de invitados recién renovado en el desván. Así no te despertará Isabelle.

Miró por encima del hombro.

—Gracias, Delilah. Espero que no haya sido mucha molestia.

Ella hizo un gesto despectivo con la mano.

—No es ninguna molestia. Nos encanta tenerte aquí. Samson te echa de menos.

En muchos sentidos, él también echaba de menos a Samson. Durante más de tres años, cuando aún era humano, había trabajado para el dueño de Scanguards como su ayudante personal. Había sido sus ojos y oídos durante el día, vigilándole mientras dormía, intercambiando turnos con Carl, su mayordomo vampiro. Oliver suspiró con fuerza. Echaba de menos a Carl. Habían sido amigos a pesar de que no podían ser más diferentes. Pero Carl se había ido.

Oliver apartó los pensamientos tristes y llamó a la puerta del estudio de Samson.

—¡Ven! —La voz de Samson llegó desde el interior.

Él giró la perilla y abrió la puerta, luego la cerró tras de sí. Samson estaba sentado ante su enorme escritorio, mientras el Dr. Drake, Gabriel y Zane descansaban en el sofá y en el cómodo sillón.

—Hola, Oliver, llegas justo a tiempo. El doctor Drake acaba de llegar para ponernos al día. —Samson lo saludó y le indicó que se sentara.

Con su pelo negro y corto, sus ojos color avellana y su imponente estatura de más de un metro con ochenta, Samson era un jefe en cada centímetro. Era el fundador de Scanguards, la empresa de seguridad nacional que proporcionaba guardaespaldas a famosos, políticos y otras personas y organizaciones adineradas que podían permitirse sus servicios.

Frente a él, el Dr. Drake, el único psiquiatra vampiro — y uno de los dos únicos vampiros formados como profesionales de la medicina en San Francisco — tenía un aspecto escuálido y larguirucho. A Oliver siempre le había parecido un tipo raro, aunque Samson y otros miembros de Scanguards habían recurrido a sus servicios en al menos una ocasión.

—¡Genial! —Oliver tomó asiento en el sofá junto a Zane—. ¡Hola, chicos!

—Hey —exclamó Zane, claramente descontento de estar en la misma habitación que Drake.

Una vez le habían obligado a asistir a una sesión con el psiquiatra y, al parecer, no le había gustado. No es que Oliver pudiera culpar al vampiro calvo. A Zane no le gustaban las cosas *suaves*, las emociones y cosas así. Era una máquina de luchar, delgada y malvada, aunque Oliver había visto destellos de un lado más suave en su interior cuando conoció a su compañera, Portia, una joven híbrida. Pero en ese momento, nada de esa suavidad era evidente. Zane parecía querer matar a alguien.

—Creo que era demasiado pronto para dejarlos marchar —soltó ahora Zane, mirando a Gabriel en busca de refuerzo.

Gabriel se acarició la barbilla con la mano, contemplando su respuesta, y luego se pasó por detrás de la oreja un mechón de pelo oscuro que se había salido de su cola de caballo. Oliver no pudo evitar mirar la gran cicatriz que le recorría desde la oreja hasta la barbilla, un recuerdo de la época en que había sido humano. Aunque la cicatriz era fea, había algo intrigante en Gabriel que lo convertía en una figura imponente capaz de infundir miedo a cualquiera.

—El Dr. Drake les dio el visto bueno a todos —respondió Gabriel.

—¿Qué está pasando? —preguntó Oliver, lanzando una mirada interrogativa a sus colegas.

El Dr. Drake se incorporó.

—Como empezaba a explicar, pusimos fin al programa de rehabilitación. Scanguards hizo un trabajo fabuloso al reunir a todos los antiguos clientes del burdel de sangre y traerlos aquí.

Zane resopló y sus botas arañaron con fuerza el suelo de madera.

—No necesito que me digas que hemos hecho un buen trabajo.

Samson dirigió a Zane una mirada de reprimenda.

—Déjale hablar.

El vampiro calvo se echó hacia atrás y cruzó los brazos sobre el pecho. Oh, sí, Oliver se daba cuenta de que Zane estaba enfadado. Y no era de los que endulzaban sus opiniones. Si algo no le gustaba, te lo hacía saber. Zane y él habían discutido más de una vez. Sin embargo, el tipo le caía bien. El instinto de Zane era mejor que el de los demás. Y en una pelea, era letal.

Drake se aclaró la garganta.

—Bueno. A algunos de los pacientes les iba mejor que a otros. Creo que era una cuestión de fuerza de voluntad y motivación. Algunos respondían mejor al refuerzo positivo, y ellos fueron los que liberamos hace unas semanas. Tengo entendido que Scanguards sigue vigilándolos.

Samson asintió e hizo un gesto a Gabriel.

—Así es —respondió Gabriel—. Pero no ha habido ningún comportamiento errático. Todos parecen haberse integrado bien de nuevo.

Drake asintió.

—Bien, bien. Y con la droga, por así decirlo, fuera de su alcance, sin duda ha facilitado las cosas.

La droga. Sí, la sangre de todas las mujeres chinas que habían sido retenidas en el burdel de sangre era, en efecto, una droga para los vampiros. Altamente adictiva, absolutamente deliciosa y que producía un subidón. Oliver solo podía imaginárselo. Nunca se había colocado con la sangre de Ursula, porque tomaban precauciones. Solo la mordía después de que ella llegara al clímax, porque un orgasmo diluía la potencia de la sangre durante un breve espacio de tiempo.

—Sí, todos han vuelto a casa. Todos menos Ursula —dijo Oliver casi para sí mismo.

—Ah, casi se me olvida —dijo el médico—: ¡Felicidades por tu próxima boda!

—¡Gracias!

—¿Podemos seguir con lo nuestro? —interrumpió Zane.

Drake parecía querer poner los ojos en blanco, pero se abstuvo de hacerlo.

—Anoche liberamos a los vampiros que quedaban a nuestro cuidado. Nos han demostrado que son lo bastante fuertes para luchar contra la tentación y que han vencido su adicción. Ahora están todos limpios. No creo que volvamos a tener problemas con este asunto.

—¿Demostrado cómo? —replicó Zane— ¿Sentándose en sus tontas sesiones de grupo, balbuceando sobre cómo se sienten?

Drake entrecerró los ojos.

—Sí, hablando de sus sentimientos, que es una herramienta psicológica comprobada.

—Te daré una herramienta. Una estaca es una herramienta —murmuró Zane en voz baja.

Samson se levantó.

—Sabes tan bien como yo que no podíamos limitarnos a matar a esos hombres por su adicción. Teníamos que ayudarles.

Su mirada se desvió hacia Oliver, y éste supo instintivamente en qué estaba pensando su jefe. Samson le había ayudado cuando estaba en la cuneta, cuando era adicto y andaba con malas compañías. Le había dado la oportunidad de llevar una vida productiva.

—Estoy de acuerdo con Samson. Teníamos que ayudarles —

añadió Oliver—. Son nuestros compañeros vampiros. Si no les ayudamos nosotros, ¿quién lo hará?

Si Samson no le hubiera ayudado y le hubiera dado un trabajo, ahora no estaría aquí. Y si Quinn no le hubiera salvado la vida convirtiéndole en vampiro cuando agonizaba tras un accidente de coche, nunca habría sabido lo que era el amor.

Zane apretó la mandíbula.

—Solo espero que esto no venga a mordernos la cola algún día.

Oliver captó la mirada de Zane y, por un momento, sus ojos se cruzaron. ¿Era válida la preocupación de Zane?

5

—¿**T**ienes *cuatro* damas de honor? —Su madre casi gritó ante la revelación.

—Sí —respondió Ursula, usando los dedos para dar más detalles—. Está Portia, que está casada con Zane. Es un poco más joven que yo. Luego Nina, que está casada con Amaury. Y Maya, la mujer de Gabriel. Y Lauren. Es una buena amiga de Portia y me cae muy bien.

Aun así, su madre seguía negando con la cabeza.

—No, no. Eso no funcionará.

—Pero, mamá, ellas son mis amigas. Además, ya tienen sus vestidos. —Ursula miró a su padre, que tenía la cabeza hundida en el periódico. Lo dejó caer ligeramente y se encogió de hombros—. Papá... —suplicó ella.

—Eso es cosa de tu madre. Sabes que no me meto en asuntos de mujeres.

El ceño de su madre se frunció al levantarse de la mesa del desayuno.

—¿No tienes más amigas? ¿Alguien de la universidad?

—¿Qué tienen de malo esas amigas? Ni siquiera los conoces.

¿Cómo puedes estar en contra de ellas? —Ursula sintió que se ponía a la defensiva. Su madre solía tener ese efecto en ella.

—No estoy en contra de tus amigas —insistió ella y suspiró pesadamente—. Pero necesitas más amigas.

—¿Más? —Ursula arrugó la frente. Estaba perfectamente bien con las amigas que tenía. Además, la única persona con la que realmente quería pasar tiempo era Oliver. Pero claro, él no estaba aquí. Tenía que quedarse en casa de Samson durante el día.

Su madre se acercó y le agarró la barbilla, haciéndola levantar la vista.

—¿Es que no te he enseñado nada de nuestra cultura mientras crecías? No puedes tener cuatro damas de honor. Cuatro significa muerte. Y no se invita a la muerte a una boda.

—Hui Lian, ¿no crees que estás siendo un poco dramática? —interrumpió el padre.

Entonces Ursula se dio cuenta. No sabía por qué había olvidado ese hecho fundamental. Tal vez fuera simplemente el estrés de los preparativos de la boda lo que la estaba afectando.

—Pero no puedes pedirme que le diga a una de ellas que no puede ser mi dama de honor. No sería justo. Papá, ayúdame, por favor.

Las cuatro amigas estaban deseando ser damas de honor.

Su madre acarició suavemente el pelo de Ursula.

—Claro que no, Wei Ling. Por eso tendrás que encontrar cuatro más. Necesitaremos ocho damas de honor. Ocho te traerán suerte.

Aliviada, Ursula exhaló.

—Supongo que podría preguntarle a Delilah y a Yvette.

—¿Quiénes son ellas?

—Delilah está casada con Samson. Pronto le conocerás. Es el jefe de Oliver. E Yvette también trabaja para Scanguards.

—¿Así que Yvette es una de las secretarias?

Ursula sacudió la cabeza, reprimiendo una carcajada. Si Yvette la oyera, le daría un ataque.

—No, mamá. Es guardaespaldas, como Oliver.

—¿Una mujer?

Pudo ver cómo giraban las ruedas en la cabeza de su madre.

—Bueno, entonces quizá no sea la mejor opción. Probablemente nunca encontremos un vestido para ella.

Ursula se echó hacia atrás.

—¿Qué? ¿Por qué no?

—Bueno, si es guardaespaldas, ya sabes... —su madre vaciló y bajó la voz—. Probablemente esté muy machetona. ¿No se les llama así? Quiero decir, si es guardaespaldas.

Ursula sacudió la cabeza con incredulidad.

—¡Dios mío! Que sea guardaespaldas no significa que tenga aspecto masculino. Yvette no tiene nada de machetona. Es una de las mujeres más femeninas que conozco.

Su padre dejó caer el periódico y lo dobló, con una sonrisa de satisfacción en el rostro. Ursula lo miró y tuvo que sonreír cuando su padre puso los ojos en blanco, un gesto que por suerte la madre de Ursula no percibió.

—¡Oh! —Al menos la madre tuvo la decencia de sonrojarse—. Bueno, en ese caso... pero aún necesitamos dos más para que sean ocho.

A veces Ursula se preguntaba realmente cómo su madre podía seguir manteniendo todos los prejuicios con los que había crecido, aunque haya vivido en Washington D.C. durante los últimos veinte años y haya estado expuesta a una población diversa.

—¿Tienes alguna otra amiga a la que le puedas preguntar?

Ursula buscó en su mente.

—Supongo que podríamos preguntarle a Rose. Seguro que ella lo hará.

—Bueno, no es habitual tener a la futura suegra de una como dama de honor, pero supongo que no tenemos muchas opciones.

—No dejes que Rose oiga eso. No quiero que piense que solo se lo pedimos porque estábamos en un aprieto.

Por suerte, tanto Rose como Quinn seguían dormidos y lo seguirían estando unas horas más.

Su madre refunfuñó indignada.

—Wei Ling, haces que parezca que no tengo tacto. ¿Lo has oído, Yao Bang? —Ella miró a su marido, que se limitó a reconocer sus palabras con una sonrisa, sabiendo que en realidad no esperaba una respuesta—. Por supuesto, no le diré nada a Rose.

Ursula se abstuvo de poner los ojos en blanco. En su lugar, contempló quién podría convertirse en su octava dama de honor. No conocía a muchas mujeres en San Francisco. Solo había asistido a unas pocas clases desde su huida del burdel de sangre y no había conectado realmente con nadie. Su vida estaba con Oliver. Además, la necesidad de mantener su secreto la había vuelto cautelosa sobre a quién invitaba a su casa. Tenía que elegir a alguien que supiera sobre los vampiros.

O que ella misma fuera un vampiro. Vera.

—Conozco a una china muy simpática. Puedo preguntarle.

—¿Una china? Qué maravilla. ¿Quién es? ¿Conocemos a su familia?

Ursula se rio entre dientes.

—Mamá, que sea china no significa que la conozcas a ella o a su familia. —Era muy poco probable, teniendo en cuenta que Vera era vampira desde hacía tiempo y no se movía exactamente en los mismos círculos que sus padres. Ursula estaba segura de ello. Vera regentaba un burdel de clase alta en Nob Hill, mientras que sus padres se codeaban con otros diplomáticos y funcionarios del gobierno en Washington D.C. —. En San Francisco viven cientos de miles de chinos.

El sonido del timbre la sobresaltó. Miró el reloj de pared. Rara vez alguien visitaba una casa de vampiros tan temprano. Apenas pasaban de las diez de la mañana.

Estaba a punto de levantarse para ver quién la visitaba cuando oyó pasos pesados bajar por las escaleras.

—¡Ya voy! —Blake llamó a quien sea que haya tocado el timbre.

Un momento después, oyó que se abría la puerta y otra voz familiar le saludó: Wesley, el hermano de Haven.

—Hola, espero no haber llegado muy temprano, pero dijiste que los encargados de la tienda empezaban temprano.

Sus voces se iban acercando y, en pocos segundos, los dos humanos entraron en la cocina. Bueno, técnicamente Wesley era un brujo, aunque sus poderes dejaban mucho que desear. Según le habían contado Blake y Oliver, Wesley aún no había podido recuperar todos los poderes de brujo que le habían arrebatado poco después de nacer.

—¡Hola, buenos días, chicos! —les saludó Blake, luego señaló a Wesley—. Él es Wesley Montgomery. Wes, ellos son los padres de Ursula: Bang Tseng y Liliana Tseng. ¿Lo entendí bien?

Ursula se encogió de hombros y sacudió la cabeza, indicando a Blake que acababa de destrozar los nombres de sus padres.

—En realidad son Yao Bang y Hui Lian.

Blake se rascó la cabeza y sonrió con descaro.

—¡Uy! Sabía que era algo así como *Bang* —hizo su mano en forma de pistola, simulando disparar—. Así es como recuerdo las cosas. Ya sabes, asocio las palabras con algo familiar. Perdona. Y *Liane...* ¿es diminutivo de Lillian?

Ursula puso los ojos en blanco. Sin pronunciar palabra, dijo *basta* mientras se pasaba el dedo índice horizontalmente por la garganta. Siempre podía contar con Blake para meter la pata.

Mientras tanto, Wesley estrechó cortésmente la mano de sus padres.

—Encantado de conocerlos, Sra. Tseng, Sr. Tseng. Espero que hayan tenido un buen vuelo.

Sus padres sonrieron a Wesley, claramente aliviados de no tener que seguir escuchando cómo decían sus nombres.

—¿Escuché que iban a armar la carpa esta mañana? —preguntó su padre.

—Sí, por eso pensé en venir a ayudar. Para supervisar a los trabajadores. Quiero asegurarme de que no ensucien ni rompan nada —ofreció Wesley.

Su padre se volvió hacia ella.

—¿No va a venir Oliver a ayudar con eso?

—No puede. Hoy está protegiendo a un cliente —respondió Ursula rápidamente, poniendo una expresión de pesar en su rostro —. Una reservación de última hora. No pudieron encontrar a nadie más en tan poco tiempo. Es temporada alta, papá.

Él arqueó una ceja.

—Oh, no tenía ni idea de que hubiera temporadas para guardaespaldas.

—¡Oh, sí, totalmente! —añadió Blake—. Siempre que hay algún acontecimiento político o de la gran sociedad, recibimos más reservaciones.

Su padre miró a Blake con escrutinio.

—Así que tú también eres guardaespaldas.

Blake asintió con orgullo.

—Sí. Yo también trabajo para Scanguards.

—¡Yo también! —espetó Wesley, como si aquello fuera una competencia. Y entre esos dos tipos, generalmente lo era.

—Hmm... así que, si ustedes dos son guardaespaldas en Scanguards, ¿por qué Oliver tuvo que aceptar una reserva cuando debería ocuparse de estas cosas, en lugar de que uno de ustedes ayudara con los preparativos de la boda?

Blake murmuró.

—Ni Blake ni Wesley están completamente capacitados todavía —dijo Ursula apresurada—. Aún no tienen todas sus certificaciones, así que no pueden proteger a un cliente por sí solos.

La explicación pareció satisfacer a su padre.

—Bien, entonces.

Otro timbrazo les interrumpió.

—Serán los de la carpa. Les dejaré entrar —anunció Blake.

Mientras volvía al pasillo, con Wesley pisándole los talones, Ursula sintió la mano de su madre en el brazo. Se volvió hacia ella.

—Tendremos que conseguir de algún modo vestidos para las cuatro damas de honor adicionales —anunció su madre, observando la lista que tenía en las manos.

—Primero tendré que hablar con ellas.

—Bien. Llámales y, mientras hablas con ellas, pregúntales su talla de vestido, y luego tendremos que ir de compras. ¿Tienes alguna costurera local que pueda ayudarnos a hacer arreglos si lo necesitamos?

Su madre era una auténtica catarata de preguntas.

—Y cuando hayamos encontrado los vestidos adecuados, pueden reunirse con nosotros para la prueba.

—¿Pero no podemos escoger los vestidos, traerlos aquí, y luego que todo el mundo se los pruebe y que una costurera haga los arreglos aquí? —sugirió Ursula. Sería imposible que Yvette, Rose y Vera se reunieran con ellas para probárselos durante el día. Como vampiras, debían evitar la luz del día. Solo los humanos y los híbridos podrían hacer una prueba diurna.

—Es demasiado complicado. Tendremos que hacerlo en la tienda.

—Pero eso no va a funcionar.

—¿Por qué no?

Ursula buscó una excusa.

—Bueno, trabajan durante el día. No pueden tomarse vacaciones.

—¿Rose trabaja? —La cabeza de la madre señaló el techo—. Pero sigue dormida.

—Eh... —El pánico se apoderó de Ursula—. Bueno, ella empieza un poco más tarde. Seguro que podemos hacer algo una tarde.

Su madre la miró con desagrado.

—¡Lo estás poniendo todo muy difícil, Wei Ling! Solo intento ayudarte.

—Lo sé, mamá —dijo rápido para no hacerla enojar—. Te lo agradezco de verdad.

—Entonces, no perdamos más tiempo.

Ursula ya intuía cómo acabaría esta semana: estresante, agotadora y caótica. Y temía cada minuto, sabiendo que Oliver no estaría mucho por allí. Quizá fingir ante sus padres que Oliver y ella no tenían una relación íntima no había sido tan buena idea. Quizá debería haberlo dicho desde el principio. Sus padres se habrían enfadado al principio, pero al menos Oliver habría podido quedarse en casa. Y ella tendría un hombro en el que apoyarse y unos brazos a su alrededor con los que quitarse el estrés de planear una boda.

6

———————

La puerta de la entrada de comerciantes que daba a un estrecho sendero que bordeaba la casa de Quinn estaba abierta, y dos hombres llevaban pesadas barras de metal por el pasillo.

En cuanto se puso el sol, Oliver recorrió a pie la corta distancia que separaba la casa de Samson en Nob Hill de la mansión de Quinn en Russian Hill. No había llevado el coche a casa de Samson, porque no había espacio extra en la cochera, y estacionarse en las calles de Nob Hill era prácticamente imposible.

Oliver siguió a los trabajadores por el estrecho pasillo que conducía al jardín, con la curiosidad de ver cómo iban.

Cuando llegó al jardín, miró a su alrededor. Varios hombres estaban ocupados conectando varillas metálicas para construir un andamio que, con el tiempo, se cubriría con enormes paneles de lona para crear una tienda que cubriera todo el patio y conectara perfectamente con la parte trasera de la casa y su entrada posterior. Un trozo de lona también rodearía el otro lado de la casa para llegar a las puertas francesas del salón, de modo que los invitados no tuvieran que atravesar la cocina o la sucia entrada de los comerciantes para llegar a la tienda.

Las cosas parecían avanzar a buen ritmo, pero Oliver sabía que pasarían dos días hasta que la tienda terminara de instalarse. Solo entonces podrían traerse otras cosas, como mesas, sillas y adornos.

Oliver se apartó de los trabajadores y cruzó la puerta abierta hacia la cocina.

Wesley estaba de pie junto a la isla de la cocina, comiéndose un sándwich.

—¡Hey! —le saludó Oliver.

El aspirante a brujo levantó la mano en señal de saludo, con la boca demasiado llena para hablar.

—¿Dónde están todos?

Wesley tragó un bocado antes de contestar.

—Supongo que con "todos" te refieres a Ursula.

¿Era en realidad tan transparente? En cualquier otro momento lo habría negado, pero extrañaba a la mujer que pronto sería su esposa y su compañera, y no podía importarle menos que Wesley quisiera burlarse de él por ello.

—¿Y? ¿Dónde está?

—Salió de compras con su madre.

—¿Sabes cuándo vuelven?

Wesley se encogió de hombros.

—Oí algo sobre los vestidos de las damas de honor. Entonces me desconecté.

—¿Y el padre de Ursula?

—Probablemente siga arriba. Quería tumbarse y descansar. Creo que todo este ajetreo parece haberle cansado. —Wes dejó el sándwich a medio comer y se acercó a la puerta que daba al pasillo, miró hacia fuera un momento, luego volvió a cerrarla y dio media vuelta—. Ya que estamos solos, quería pedirte un favor.

Oliver levantó una ceja, siempre desconfiaba cuando Wesley

quería algo porque, fuera lo que fuese, generalmente desembocaba en un pequeño desastre.

—¿Qué clase de favor?

Wesley se frotó el cuello.

—Bueno, te enteraste de lo de los cachorros, ¿verdad?

—¿Los cachorros de labrador de Haven que una vez convertiste en cerditos con tu magia?

Una sonrisa tímida se dibujó en el rostro de Wesley.

—Sí, es que he estado intentado volver a convertirlos en perros, pero no ha funcionado.

Sorprendido, Oliver no pudo reprimir la risita que se le formó en el pecho.

—¿Me estás diciendo que siguen siendo unos cerdos?

—A Haven tampoco le hace mucha gracia. Así que busqué en los libros y encontré un hechizo que debería funcionar. Lo único es que necesito unas gotas de sangre de vampiro para...

—¡Ni hablar! —interrumpió Oliver—. ¡Ve a hablar con tu hermano!

Wesley hizo una mueca.

—Ya me había rechazado. Así que supuse que tal vez querrías echarme una mano.

Oliver entrecerró los ojos.

—¿Por eso te ofreciste para ayudar en los preparativos de la boda, para conseguir que te dé un poco de mi sangre?

Wesley resopló, indignado.

—¡Como si yo fuera a hacer eso! Ayudo porque quiero. Creía que éramos amigos.

—¡Eres totalmente transparente, Wes!

Se encogió de hombros.

—¿Y qué? Solo son unas gotas. Traje un frasquito. Ni siquiera lo vas a sentir. Es solo un pinchazo. Y todo es por un bien mayor. Si no puedo volver a convertir a esos cerdos en perros, acabarán convirtiéndose en tocino y salchichas.

Oliver puso los ojos en blanco.

—Creo que esos son los apodos que les puso Blake.

Conocía a Wes demasiado bien. Se quejaba y se portaba como una peste hasta que conseguía lo que quería. Era mejor acabar de una vez. Además, Wes tenía razón. Darle unas gotas de sangre de vampiro no le haría daño, ni sería perjudicial para nadie. Al fin y al cabo, la sangre de vampiro tenía grandes propiedades curativas.

—Bien. ¡Pero me debes una y no creas que no te la cobraré! Solo unas gotas. Y será la única vez —concedió.

Wesley sonrió.

—¡Lo juro! —Sacó del bolsillo un frasquito de cristal como para treinta mililitros—. Toma, medio lleno está bien.

Sin dejar de sacudir la cabeza, Oliver alargó los colmillos, llevándolos a su máxima longitud. Al instante, sintió que le invadía el poder, como resultado de la aparición de su lado vampírico. El persistente aroma de Ursula llegó a sus fosas nasales y lo envolvió. Si ella estuviera ahora en la cocina, con los colmillos extendidos, no creía que pudiera resistirse a morderla. La sangre embotellada que había consumido en casa de Samson le había alimentado, pero no le había satisfecho de verdad. Lo único que realmente podía saciar su hambre era la sangre de Ursula y su cuerpo retorciéndose bajo el suyo.

—Hey, Oliver —le despertó Wesley, sacándolo de sus pensamientos.

Rápidamente se llevó el pulgar a los labios y lo pinchó con uno de sus colmillos. Sostuvo el vial bajo el dedo sangrante y dejó que goteara en él, observando cómo el nivel subía rápidamente hasta la mitad.

—Oh, Oliver. Estás aquí.

Oliver dirigió la cabeza hacia la puerta que daba al pasillo. El padre de Ursula estaba allí, algo pálido.

Cuando sus miradas se encontraron, los ojos de Yao Bang se abrieron de par en par, conmocionados e incrédulos.

—¡Oh, no! —exclamó—. ¡No puede ser!

Oliver arrugó la frente, mientras Wesley murmuraba en voz baja:

—¡Tus colmillos!

—¡Mierda! —maldijo Oliver, pero ya era demasiado tarde.

No había retraído los colmillos, y su futuro suegro los había visto. Hizo un movimiento hacia él y notó que retrocedía hacia la puerta. Al mismo tiempo, Wesley le arrebató el frasco abierto que Oliver aún sostenía en la mano.

Oliver lanzó a Wes una mirada furiosa. Por su culpa, se había expuesto.

Wesley se encogió de hombros.

—Entonces, bórrale la memoria.

La boca de Yao Bang se abrió para lanzar un grito, pero Oliver estaba sobre él antes de que pudiera salir de su garganta, apretándole la mano sobre la boca e impidiéndole escapar aferrándolo a su cuerpo. Al mismo tiempo, extendió su mente hacia el anciano y le transmitió sus pensamientos.

No viste nada. Entraste en la cocina por algo qué picar y nos viste a Wesley y a mí haciendo sándwiches. Eso es todo lo que viste. Nunca viste mis colmillos. Nunca viste sangre.

Los ojos de Yao Bang se quedaron en blanco, el miedo que había en ellos se borró. Aliviado, Oliver le soltó y dio un paso atrás.

—Oliver... —murmuró Yao Bang, antes de tambalearse unos pasos hacia delante, extendiendo los brazos para agarrarse en busca de apoyo.

Oliver lo sujetó antes de que pudiera caer, y luego sintió que se aflojaba entre sus brazos. Estaba inconsciente.

—¡Mierda!

—¿Qué hiciste ahora? —preguntó Wesley.

—¡Yo no hice nada! —Borrar la memoria de alguien no tenía ese tipo de efecto en los humanos. Nunca nadie se había desmayado después de borrarle la memoria. Esto no estaba bien. Algo había salido mal—. ¡Mierda, mierda, mierda! —Ursula nunca podría enterarse de esto—. ¡Llámale a Maya! ¡Ya! Que venga lo antes posible. Dile que tome la entrada lateral para que Ursula no la vea cuando vuelva.

Wesley sacó el celular y marcó.

Oliver bajó suavemente a su futuro suegro al suelo y comprobó sus constantes vitales, cuando su oído sensible captó que la puerta principal se abría. Inhaló profundamente. ¡Mierda! Ursula y su madre estaban de vuelta. Presa del pánico, miró alrededor de la cocina, preguntándose qué hacer.

—¿Por qué no subes todos los vestidos a mi habitación, Wei Ling? Prepararé un poco de té —dijo la madre de Ursula desde el pasillo, su voz oyéndose más cerca mientras caminaba en dirección a la cocina.

—OK, mamá. —Ella oyó la respuesta de Ursula, acompañada de pasos en la escalera.

La puerta de la cocina se abrió antes de que Oliver pudiera tomar una decisión sobre qué hacer con Yao Bang y cómo explicar su inconsciencia.

—¡Dios mío! ¡Yao Bang! —dijo Hui Lian, corriendo hacia donde él yacía en el suelo. Le acarició la cabeza con la mano. Entonces sus ojos se dirigieron a Oliver.

Ya tenía en los labios una excusa inadecuada, pero no llegó a pronunciarla.

—No podemos contárselo a Ursula. Prométemelo —le suplicó a Oliver con la mirada.

Sorprendido, Oliver se echó hacia atrás. ¿Qué sabía ella? ¿Tenía algún indicio de que él era una criatura inmortal y sabía lo que le había hecho a su marido? ¿Pero cómo?

—Tiene desmayos. Los médicos creen que quizá sea anemia. Pero no tuvimos tiempo de hacerle más pruebas antes del viaje. Dios, esperaba que esto no ocurriera.

—Maya viene en camino —interrumpió Wesley.

—¿Maya? —preguntó Hui Lian, juntando las cejas en señal de confusión.

Oliver le puso una mano en el antebrazo para tranquilizarla.

—Es doctora. Le hará un chequeo. Se pondrá bien.

Oliver se sintió aliviado. Borrar la memoria de Yao Bang no le había hecho esto. Estaba pálido desde el momento en que entró en la cocina. Probablemente habría estado a punto de desmayarse, aunque no hubiera visto los colmillos de Oliver. Aun así, Oliver se sentía responsable de lo ocurrido.

—Pero no podemos dejar que Ursula vea llegar al médico. Se preocupará. No necesita esto en la semana en que se va a casar —alegó la madre.

—La distraeré y la mantendré arriba hasta que Maya vuelva a irse.

Hui Lian le dedicó una sonrisa de agradecimiento.

—Muchas gracias. Eres un buen hombre.

Por un momento sus miradas se cruzaron y, por primera vez, Oliver sintió afecto por la madre de Ursula. Solo quería lo mejor para su hija y no quería destruir la felicidad de Ursula, aunque eso significara ocultarle cosas. Eso era lo que tenían en común. Ambos le ocultarían secretos a Ursula si eso significaba que sería feliz.

7

———

Ursula dejó las bolsas de compras en el suelo de la habitación de Oliver, donde estaban sus padres, y se dejó caer sobre la cama, quitándose los zapatos de una patada. Lo único que quería era hacerse bolita y esconderse. Estaba tan agotada y de nervios que perdería la cabeza ante la más mínima confrontación. Ir de compras con su madre había sido una tortura.

Se quedó mirando al techo, suspirando pesadamente, cuando se abrió la puerta. Inmediatamente, se incorporó. Una sonrisa se dibujó en sus labios cuando vio a su visitante: Oliver.

—¡Hola, nena! —le saludó y la estrechó entre sus brazos mientras se sentaba en la cama.

Antes de que pudiera pronunciar su nombre, sus labios se deslizaron sobre los suyos y la besaron con avidez. Aunque siempre había sido un besador apasionado, Ursula sintió que aquel beso era más intenso, más urgente de lo normal.

Oliver la soltó tras varios segundos de palpitaciones.

—Se nota que me extrañabas —murmuró ella contra sus labios—. Quizá deberíamos separarnos más a menudo.

Él gruñó en tono grave y profundo.

—No te burles de mí. Ya sabes cómo me pongo cuando juegas conmigo.

Ursula no pudo evitar una risita. Le encantaba que Oliver se pusiera primitivo y posesivo, cuando ella debería despreciar exactamente ese rasgo de carácter en cualquier hombre. Haber sido prisionera de vampiros locos debería haberla marcado para siempre, de modo que nunca hubiera querido que otro hombre se mostrara posesivo con ella. Pero, de algún modo, cuando Oliver lo hacía, le parecía bien. Quería ser suya. Para siempre.

Ursula le pasó los dedos por su cuello y le vio tragar saliva visiblemente cuando rozó la arteria que palpitaba bajo su piel.

—Ojalá pudiéramos empezar nuestra nueva vida juntos sin todo este alboroto.

Oliver se apartó unos centímetros, mirándola inquisitivamente.

—¿Qué alboroto?

Hizo un movimiento envolvente con el brazo.

—Esto. La boda, las damas de honor, las compras, las flores, todo.

—¿Qué? Pero si lo hacemos por ti. No podría importarme menos una gran boda. Diablos, si pudiera opinar, te arrastraría a un lugar apartado con una cama enorme y me uniría a ti por la sangre ahora mismo.

—Yo tampoco quise nunca una gran boda. Pero mírala ahora. —Ella señaló a la ventana, indicando la gran tienda que se construía afuera—. No creo estar preparada para todo esto.

—Entonces, ¿por qué lo hacemos? —Oliver le pasó un mechón de pelo por detrás de la oreja y ella se apoyó en la palma de su mano, disfrutando del modo en que su tacto la reconfortaba.

—Mis padres. Ellos quieren esto. Creen que si la boda es perfecta, el matrimonio también lo será. Su madre, sobre todo. A su padre quizá podrían haberle convencido de algo más pequeño y sencillo, pero una vez que la madre se había decidido, ni siquiera él tenía voz ni voto.

—Nuestro matrimonio será perfecto. Te lo prometo.

Ursula suspiró.

—Pero esta boda será un desastre. —Señaló las bolsas de las compras—. ¿Sabes a cuántas tiendas me arrastró mi madre para que encontráramos vestidos de dama de honor que hicieran juego con los de las damas de honor adicionales?

—¿Damas de honor adicionales? ¿Cuatro no son suficientes?

—El cuatro es un número malo en chino. Significa muerte. Así que cuando mamá se enteró, ¡casi le dio un ataque! Insiste en que tengamos ocho damas de honor porque el ocho es un número de la suerte.

Oliver negó con la cabeza.

—¡Ni ella misma se la cree!

Ursula puso los ojos en blanco.

—¡No conoces a mi madre! Es supersticiosa, controladora, perfeccionista y me está volviendo...

—No, Ursula —le dijo suavemente, poniéndole un dedo en los labios—. Tu madre solo quiere lo mejor para ti. Quiere que seas feliz y haría cualquier cosa por ti.

Ursula levantó las cejas al mismo tiempo.

—¿Cómo puedes saberlo? Apenas la conoces.

Él sonrió.

—Es solo un presentimiento. Confía en mí. Está haciendo esto por ti. No lo estropees. Sé que estás estresada.

—Estresada es poco. Aún tengo que reunir a todas las damas de honor para una prueba, y como la mitad de ellas son vampiras, no podemos hacerlo durante el día. Se me están acabando las excusas por las que tendrá que ser por la noche. Y luego está el pastel, y mamá quiere que haga los recuerdos de la boda, y aún tenemos que comprar algunos adornos para la mesa. Y luego están las flores...

—Alto, cariño. Me ocuparé de algunas cosas por ti.

—¿Lo harías? ¿De verdad?

La estrechó contra su pecho.

—Claro que lo haré. También es mi boda. ¿Qué te parece si yo me encargo de las flores y del pastel? No tendrás que preocuparte por nada de eso.

Ursula le echó los brazos al cuello.

—¡Eres el mejor!

Oliver sonrió sin pudor y le guiñó un ojo.

—Soy el mejor en muchas cosas. ¿Quieres que te lo recuerde?

Ella jadeó, se soltó de sus brazos y lanzó una mirada de pánico hacia la puerta.

—No podemos. Si mi madre entra aquí y nos ve, me dará un sermón sobre el sexo prematrimonial, y no estoy de humor para eso.

Oliver soltó una risita.

—Tu madre está ocupada en la cocina. No nos molestará durante un rato.

—No la conoces. Además, no tarda mucho en hacer el té. Subirá en cualquier momento.

Ursula saltó de la cama y se acercó a la ventana. Debajo se estaba erigiendo la tienda, aunque de momento parecía más un andamio utilizado para pintar una casa que una tienda. Varios hombres seguían trabajando y se habían instalado focos para ayudarles a ver en la oscuridad.

—¿Cuándo estará lista la tienda?

Oyó que Oliver se levantaba y caminaba hacia ella. Luego él apretó su cuerpo contra su espalda y le rodeó la cintura con el brazo.

—Quizá en uno o dos días más.

—¿Oliver?

—¿Sí?

—¿Alguna vez recuerdas cuando nos conocimos?

—Todo el tiempo.

Ella giró la cabeza hasta la mitad para mirarle.

—Me alegro de haber caído en tus brazos. Me salvaste.

Oliver sonrió y negó con la cabeza.

—No, *tú me* salvaste. Estaba en una espiral descendente. Si no te hubiera conocido aquella noche, me habría resbalado aún más a fondo, hasta que un día habría caído preso de la sed de sangre. Tuve suerte de encontrarte.

Ella se puso de puntillas y giró en sus brazos.

—Espero que siempre seamos tan felices como ahora.

—Seremos aún más felices cuando estemos unidos por la sangre. Entonces podré protegerte mejor.

Sus palabras la sorprendieron.

—¿Qué quieres decir?

—Podré sentir cuando estés en peligro gracias al vínculo. Y podremos comunicarnos telepáticamente.

Ella conocía bien ese aspecto del vínculo de sangre. Pero algunas de sus palabras la hicieron preguntarse:

—¿Por qué iba a estar en peligro?

Se encogió de hombros.

—Solo lo digo. Si alguna vez ocurre algo, lo sabré.

Ursula le dio una palmada en el hombro.

—¡No me asustes! No pasará nada. Aquí estoy a salvo.

Él le dio un beso en la frente.

—Sí, estás a salvo conmigo.

8

—————

—**M**e aprieta demasiado —se quejó Delilah.

Era una de las once mujeres reunidas en la sala de la mansión de Quinn y Rose, ocho de las cuales se estaban probando sus vestidos de dama de honor. Ursula lanzó una mirada en dirección a su madre, que estaba ayudando a la costurera a hacer algunos ajustes en el vestido de Yvette — o más bien, mandoneando a la pobre mujer.

Su madre no había oído a Delilah por encima del barullo de voces en la sala, que en ese momento estaba vedada a los hombres. De hecho, Blake se había apostado frente a la puerta para asegurarse de que ninguno de los trabajadores que transportaban sillas y mesas a la tienda entrara accidentalmente en la sala de mujeres escasamente vestidas.

—Deja que te ayude —ofreció Ursula y se acercó a Delilah.

Delilah, la bella mujer de pelo oscuro y ojos verdes, tenía una figura estupenda, aunque sus caderas eran un poco más redondas que las de algunas de las otras mujeres reunidas. No era de extrañar, pues había tenido una hija un año antes y, al parecer, le había costado deshacerse de los últimos kilos del embarazo.

—Gracias, Ursula. No quiero complicarme, pero si me subo la cremallera hasta arriba, no podré respirar. No puedo meter las tetas en este vestido. —Delilah le dirigió una mirada avergonzada—. ¡Y te juro que no he comido galletas en las últimas dos semanas!

Ursula soltó una risita y llamó la atención de Maya, que estaba cerca y ahora se acercaba. Maya dedicó una larga mirada a Delilah y se inclinó hacia ella.

—Dudo que sean las galletas, Delilah. —A Maya le brillaban los ojos—. Si no te importa que te lo diga como médico, generalmente no son las galletas las que hinchan las tetas.

Ursula notó cómo Delilah aguantaba la respiración.

—No creerás... —se detuvo y se pasó la mano por el torso antes de apoyarla en el vientre—. Pero nos estamos cuidando— sus mejillas se sonrojaron de una manera muy bella.

Ursula no tenía que ser neurocirujana para darse cuenta de a qué se refería Maya.

—¿Estás diciendo que Delilah está embarazada? —susurró para que nadie más en la sala pudiera oírlas. Excepto quizá las otras hembras vampiro de la sala, cuyo oído era superior al de los humanos: Rose, Yvette, Vera, así como Portia y Lauren, que eran híbridas, mitad vampiro, mitad humana.

Maya sonrió a Delilah.

—Creo que deberías venir a hacerte una prueba en los próximos días. Así podremos estar seguros. Esta vez me encantaría estudiar tu embarazo de principio a fin. La última vez solo conseguí la parte final.

—Eso si estoy realmente embarazada. ¡Podría solo estar engordando! —bromeó Delilah.

—¿Con un hombre como Samson? —Maya miró a Ursula y Ursula no pudo evitar reírse.

—Maya tiene razón. Quiero decir que no conozco tan bien a Samson, pero si se parece en algo a Oliver, me sorprende que solo tengan una hija hasta ahora... —Sorprendida por sus propias palabras, Ursula se tapó la boca con la mano y escrutó rápidamente la habitación para ver si su madre estaba cerca. Para su alivio, seguía acosando a la pobre costurera y dándole consejos sobre cómo hacer su trabajo.

Cuando se volvió hacia Maya y Delilah, ambas se estaban riendo.

—Así que nuestro Oliver se ha convertido en todo un hombre —dijo Delilah, el afecto que sentía por él brillaba en sus palabras y en sus ojos.

Ursula dejó caer los párpados, repentinamente avergonzada.

—Mis padres no lo saben.

Ursula sintió una mano en el antebrazo y levantó la vista. Maya le apretó el brazo un poco.

—Y no lo sabrán de nosotras.

—¡Gracias!

—Hablando del vestido... —empezó Delilah.

—No te preocupes —dijo Ursula—. Debe de haber suficiente costura interior para que la costurera pueda soltarle y ampliarla para que puedas respirar más cómodo. Deja que vaya a buscarla.

Se dirigió a la costurera, que se arrodilló delante de Yvette para ajustar la costura de su vestido, y le dio un golpecito en el hombro.

—¿Señorita Petrochelli? ¿Podría ayudar a mi amiga Delilah? El vestido le aprieta demasiado. Tendrá que dejar salir un poco de la costura.

—¿Demasiado ajustado? —interrumpió su madre, con cara de pánico—. Pero dijiste que era talla seis. Le compramos talla seis.

—Sí, pero está un poco apretado. —Ursula intentó calmarla, pero parecía que ya era demasiado tarde. Su madre había pasado al modo pánico y ya se dirigía hacia Delilah.

Con un suspiro, Ursula miró por encima del hombro y vio cómo se ponía detrás de Delilah para intentar subirle la cremallera. Luego gesticuló salvajemente y Ursula tuvo que apartarse. No podía mirar. Solo conseguiría estresarse aún más.

—Tu madre se toma las cosas demasiado en serio —dijo de repente Yvette, haciendo que Ursula la mirara y sonriera.

—¿No lo hacen todas las madres? —Se limitó a encogerse de hombros y dejó que sus ojos recorrieran el vestido rojo de Yvette—. Te queda muy bien. Es totalmente tu color.

Yvette produjo una amplia sonrisa.

—Me encanta. Me sorprendió un poco que eligieras el rojo para los vestidos de las damas de honor. Normalmente las damas de honor llevan algún color espantoso, como rosa o naranja, para no eclipsar a la novia.

—El rojo significa buena suerte en una boda china. Cuanto más rojo, mejor. Además, como todas menos Rose y Nina tienen el cabello oscuro, pensé que era un color que les quedaría bien a todas —dijo riendo entre dientes—. Además, Rose y Nina pueden llevar el color que quieran.

Yvette se rio y le guiñó un ojo.

—Sí, las rubias se divierten más.

Ursula nunca la había visto tan alivianada. Cuando se unió a las risas de Yvette, oyó el grito ahogado de su madre y se volvió, preguntándose qué había pasado ahora.

Su madre se dirigió hacia ella, con los ojos muy abiertos y una expresión de consternación en el rostro.

—¿Por qué no me lo has dicho?

Instintivamente, Ursula retrocedió. ¿A alguien se le había escapado que había estado viviendo con Oliver?

—¿Decirte qué? —consiguió preguntar para intentar ganar tiempo.

—¡Sobre la fecha de nacimiento de Oliver! —Las mejillas de su madre se sonrojaron al alzar la voz.

Las demás mujeres se callaron y, de repente, todas las miraron fijamente.

—¿Por qué no me dijiste que había nacido el 4 de abril?

Ursula miró sin comprender a su madre.

—¿Qué?

¿Y quién se lo había dicho? Miró las caras de sus damas de honor y vio que Rose se encogía de hombros y hacía un gesto de impotencia.

—Tu madre lo pidió para que le hicieran un horóscopo como regalo sorpresa —se disculpó Rose.

—¡El cuarto día del cuarto mes, Ursula! ¿Cómo pudiste ocultármelo? —volvió a preguntar su madre.

Fue entonces cuando por fin se dio cuenta. Era un mal presagio. Como el cuatro significa muerte en la cultura china, que el novio tuviera dos cuatros en su fecha de nacimiento significaba el desastre. Ursula no creía en esas supersticiones, pues había crecido principalmente en la cultura occidental, pero su madre seguía demasiado arraigada en las viejas creencias.

—¡No importa, mamá! —respondió.

—¡Sí importa! ¿No tienes respeto por tus raíces? ¿No crees en nuestra cultura?

Ursula oyó vagamente el timbre de la puerta.

—No me importa cuándo nació. Lo amo.

Su madre negó con la cabeza.

—Tenemos que cambiar las cosas. Tendré que hacerme un horóscopo y ver si hay un día en que puedas casarte con él que contrarreste su fecha de nacimiento. Un día que sea más afortunado que otros.

—¡Eso es ridículo! ¡No voy a hacerlo! Me caso dentro de dos días y se acabó. —Ursula corrió hacia la puerta.

—¡Ursula! —gritó su madre.

—Sra. Tseng —se oyó la voz de Vera—, quizá pueda ayudarle. Soy experta en numerología china.

Ursula contuvo las lágrimas mientras abría la puerta y salía al pasillo. Dudaba que Vera pudiera convencer a su madre. Al fin y al cabo, Vera era la dueña de un burdel. Sí, era china, pero ¿eso significaba que sabía algo sobre las creencias supersticiosas de su madre o sobre cómo disiparlas?

ÉL HABÍA TOMADO un par de sillas plegables del camión que estaba estacionado frente a la casa y simplemente marchó hacia el jardín sin que nadie lo detuviera. En la carpa, colocó las sillas alrededor de una mesa mientras sus ojos observaban el entorno.

Varios trabajadores estaban ocupados erigiendo un podio con un toldo sobre el que sin duda tendría lugar la ceremonia, mientras otros transportaban mesas y sillas y las colocaban sobre las tablas de madera que habían colocado en la hierba para formar un suelo uniforme.

Por lo que pudo ver, ninguno de los trabajadores era vampiro. Y si uno de los humanos se daba cuenta de que no pertenecía a aquel lugar, podría utilizar el control mental sobre él y asegurarse de que no hubieran problemas.

Mirando por encima del hombro, se aseguró de que nadie se fijaba en él, y se dirigió a la puerta que daba a la parte trasera de la casa. Entró rápidamente y no encontró a nadie en la gran cocina comedor. Empujó la puerta que daba al pasillo y vio a un humano vigilando delante de una puerta. Un joven alto que no podía tener más de veinticinco años. Podría dominar al humano en cuestión de segundos si fuera necesario.

Había abierto un poco más la puerta cuando sonó el timbre.

El humano suspiró y se dirigió hacia la puerta de entrada, dándole la espalda. Fue todo el tiempo que necesitó para salir de la cocina y avanzar silenciosamente hacia el pasillo. Rápidamente, se zambulló en otra habitación, que identificó como lavadero por su olor incluso antes de abrir la puerta, y cerró la puerta salvo un resquicio, para poder espiar el pasillo desde su escondite. Estaba a solo unos pasos de las escaleras que llevaban al piso de arriba. Allí quería encontrar la habitación de Ursula y esperarla. Al final ella iría allí. Solo tenía que esperar.

—¡Hey! ¡Samson! ¡Amaury! —saludó el humano a los dos vampiros que ahora entraban en el vestíbulo.

Sintió ganas de gruñir, pero reprimió el impulso. Que el jefe de Scanguards y uno de sus socios de alto nivel se presentaran aquí era un inconveniente. No necesitaba más vampiros en la casa de los que ya había. Ya era bastante difícil evitar a los que ya estaban en la casa. Debía tener cuidado de no acercarse demasiado a ninguno de ellos o podrían olerlo y darse cuenta de que no pertenecía a este lugar, aunque estuviera escondido en alguna parte. Esperaba que el hecho de estar escondido en un lavadero que olía a lejía y jabón de lavandería le ayudara a disimular su olor.

—¡Hey, Blake! —respondió Samson.

—¿Qué hacen aquí? Creía que estaban cuidando a Isabelle.

—La dejé con Zane.

—Bueno, en ese caso, ¿quieren ayudar?

Amaury se rio.

—Creo que no. Solo venimos por Nina y Delilah.

Blake hizo un gesto con la cabeza hacia la puerta que había estado vigilando antes.

—Aún están ahí adentro para la prueba. Me temo que no pueden entrar ahora.

Justo en ese momento, la puerta se abrió. El olor llegó hasta él incluso antes de que la viera salir. Ursula salió corriendo de la habitación y casi chocó con el enorme cuerpo de Amaury.

—Lo siento. No te había visto, Amaury —se disculpó apresuradamente, con la voz entrecortada por las lágrimas.

—¿Pasa algo? —Amaury le rodeó el antebrazo con la palma de la mano cuando ella intentó empujarle y dirigirse a las escaleras.

Ella sacudió la cabeza y se liberó de su agarre.

—¡Nada! —resopló.

Blake dio unos pasos hacia ella.

—¿Es tu madre otra vez?

Ursula asintió.

—¿Qué le pasa? —preguntó Samson, con los ojos fijos en los dos humanos.

Ursula se volvió hacia ellos.

—¡No le gusta la fecha de nacimiento de Oliver! —Un sollozo salió de su pecho. Se dio la vuelta y corrió escaleras arriba.

—¡Ah, mierda! —maldijo Blake.

—¿No debería ir uno de nosotros por ella y calmarla? —preguntó Amaury.

En su escondite, entrecerró los ojos. No, no quería que nadie fuera tras ella, porque estaba justo donde él quería. Estaría en su habitación, sola, llorando a moco tendido por cualquier motivo. Ni siquiera le oiría abrir la puerta y entrar. Estaría boca abajo en su cama. Él no había pensado que sería tan fácil.

Blake negó con la cabeza.

—Dale un poco de tiempo a solas. Ursula y su madre han tenido unos cuantos pleitos así. Ya se le pasará.

Cuando ambos vampiros asintieron, él sintió alivio.

¡Perfecto!

Ahora solo tenía que esperar a que aquellos tres salieran del pasillo y podría subir y tomarla. Solo unos minutos más.

—¿Dónde está Oliver? —preguntó Samson.

—Salió con Wes. Algo sobre las flores —respondió Blake.

Samson y Amaury intercambiaron una mirada.

—Excelente. Así no podrá oírnos.

—¿Sobre qué? —preguntó el humano con curiosidad.

—Sobre el regalo de boda. Necesitamos tu ayuda. —Amaury señaló otra puerta, la primera junto a la entrada—. Vamos al estudio.

Blake lanzó una mirada hacia la puerta que había estado vigilando.

—Pero se supone que debo vigilar que ninguno de los trabajadores entre ahí mientras las chicas siguen probándose los vestidos de dama de honor.

—Solo tomará dos minutos —le aseguró Samson.

Momentos después, los tres desaparecieron en el estudio y cerraron la puerta tras de sí.

Él sonrió. Por fin las cosas iban como él quería. Miró arriba y abajo por el pasillo, luego empujó la puerta de par en par y se acercó a la escalera, caminando de puntillas. En cuanto puso el pie en el primer escalón, supo que estaba a salvo. La suave alfombra de la escalera se tragó el sonido de sus pasos mientras ascendía.

En el descanso, volteó e inhaló. Podía oler el leve aroma de la sangre especial de la puta. Le cosquilleaba las encías. Sus colmillos descendieron anticipándose al manjar especial que estaba a punto de disfrutar.

Caminó por el pasillo, cada paso le acercaba más a su objetivo. Llegó a la puerta y puso la mano en la perilla.

—¡Ursula! —una voz femenina llegó desde abajo. Al mismo tiempo, alguien subió corriendo las escaleras.

Maldiciendo en silencio, giró la cabeza hacia el sonido mientras sus pies se preparaban automáticamente para una huida rápida. Alcanzó a ver la nuca de una mujer y un vestido rojo. Aún no le había visto, pero lo haría en uno o dos segundos cuando diera la vuelta en el descanso.

Una de las damas de honor.

Pero no una de las humanas. Era una vampira, como indicaba su aura.

Echando humo por dentro, se zambulló en la habitación más cercana y cerró la puerta silenciosamente tras de sí.

Aún podía oírla cuando se acercó a la habitación de Ursula y llamó a la puerta.

—Ursula, linda, soy Vera. Ya la tranquilicé.

Entonces se abrió la puerta.

Él cerraba sus manos en puños mientras intentaba calmarse. Habría otras oportunidades como ésta.

Solo tenía que ser paciente.

Pero esta noche había demasiados vampiros en la casa. Tendría que salir antes de que alguien le reconociera y se diera cuenta de lo que planeaba.

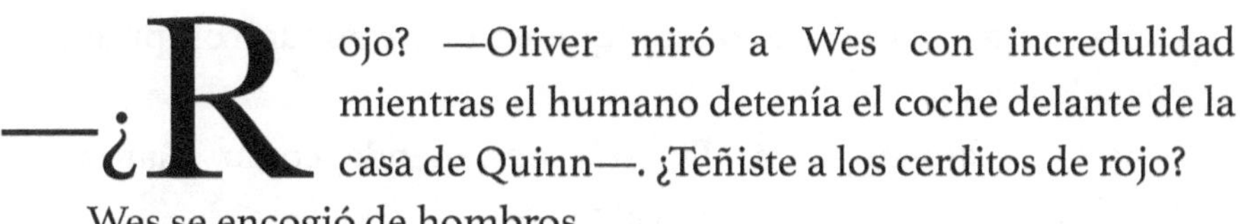

9

—

—¿**R**ojo? —Oliver miró a Wes con incredulidad mientras el humano detenía el coche delante de la casa de Quinn—. ¿Teñiste a los cerditos de rojo? Wes se encogió de hombros.

—Bueno, fue mi primer intento. Solo tengo que refinar el hechizo. Seguro la segunda vez funcionará de maravilla.

Oliver ya había empezado a negar con la cabeza desde antes que Wesley pronunciara la última frase.

—¡No!

—¡Oh, vamos! Solo necesito unas gotas. ¡Eso es todo! —suplicó Wes, mirándole como cachorro para suavizarle un poco.

Pero Oliver no cedió.

—¡Dije que no! Está claro que el hechizo que estás probando no funciona. No hay necesidad de malgastar más de mi preciosa sangre en ello. —La única persona que recibiría su sangre sería Ursula. Formaba parte del ritual de unión sanguínea, y la haría inmortal mientras siguiera siendo humana — y fértil. Una vez que estuvieran unidos, podría concebir a su hijo.

—Pero de verdad creo que funcionará la segunda vez. Solo tengo que conseguir la dosis correcta.

Oliver suspiró.

—Wes, odio decir esto, pero ¿no crees que quizá la brujería no sea exactamente tu vocación?

Wesley golpeó el volante con la palma de la mano.

—¡Yo nací brujo! ¡Y que me parta un rayo si no puedo volver a serlo!

—¿Qué tienes que demostrar? Busca otra cosa en la que seas bueno.

—¡Para ti es fácil decirlo! Haven es un vampiro y Kimberly es una gran actriz. ¿Y yo qué soy? ¿Soy el único hermano que no puede hacer nada por sí mismo? ¿No lo entiendes? Quiero ser alguien. Quiero hacer algo útil.

Oliver negó con la cabeza, aunque en cierto modo comprendía demasiado bien a Wes.

—Pero tú eres alguien. Te estás entrenando como guardaespaldas de Scanguards. ¿Eso no es algo?

Wes apartó la cabeza y miró por el espejo retrovisor, contemplando la oscuridad.

—Y sabes tan bien como yo cómo conseguí ese puesto. Samson se sintió obligado porque ofrecí mi sangre la noche en que te transformaste. ¿Crees que en verdad me hubiera invitado a entrenarme como guardaespaldas si prácticamente no lo hubiera chantajeado?

—¿Me estás diciendo que te sientes culpable por eso?

Wes se encogió de hombros.

—A veces me pregunto qué sería de mí si Hav y Scanguards no existieran. Ya sabes. —Miró a Oliver—. Necesito tener algo que sea independiente de ellos. Algo que sea solo mío.

Oliver asintió despacio.

—Lo entiendo. Lo entiendo. Pero no puedes forzarlo. —Él alargó la mano hacia la manija y empujó la puerta del coche para abrirla —. Ya pasará. Solo ten paciencia.

Luego salió y se acercó a la puerta de entrada. Cuando llegó a ella, sintió un extraño cosquilleo que le subía por la nuca y se detuvo. Inhaló profundamente, percibiendo muchos olores tanto desconocidos como familiares. Sacudió la cabeza para librarse de aquella extraña sensación, sacó la llave del bolsillo y la introdujo en la cerradura. El movimiento empujó la puerta hacia dentro. No se había cerrado con llave.

Con cautela, entró en el interior bien iluminado. Le llegaban voces de la puerta abierta de la sala y de la cocina al fondo. Quizá uno de los trabajadores había dejado la puerta abierta al salir. Tendría que hablar con Quinn sobre la seguridad de la casa durante la boda. Ya era bastante malo que tantos contratistas entraran y salieran a todas horas del día, pero saber que eran descuidados y dejaban las puertas abiertas para que cualquiera pudiera entrar sin más desde la calle era imperdonable.

El hecho de haber acabado con las últimas amenazas de los explotadores del burdel de sangre y sus clientes, así como con los vampiros que poseían habilidades especiales de control mental y habían estado a punto de aplastar a Scanguards hacía poco tiempo, no significaba que no tuvieran enemigos.

—¿Qué tal, Oliver? Qué bueno que te encuentro solo.

Levantó la vista y vio a Maya atravesar la puerta del salón y acercarse a él.

—¿Qué tal, Maya? —señaló la bolsa que llevaba en la mano, de la que asomaba un vestido rojo—. Veo que se probaron los vestidos de dama de honor. Lindo color. No tenía ni idea de que fueran rojos.

Ella sonrió.

—Creo que es algo chino para la buena suerte. —Lanzó una rápida mirada por encima del hombro—. Solo quiero que sepas. Ya vi a tu futuro suegro. Está bien. Le hice un análisis de sangre y sus médicos tienen razón. Es solo un poco de anemia. Nada de qué preocuparse. Le di algunos medicamentos para aliviarle hasta que vuelva a casa.

—Qué alivio. Al menos eso significa que no tenemos que preocupar a Ursula con ello. Ya está bastante estresada. —Los dos últimos días había parecido agotada la mayor parte del tiempo. Y a él no le gustaba su expresión, la expresión que decía que quería que todo aquello acabara.

—Más o menos.

—¿Qué? —preguntó, preocupado al instante.

—Ursula y su madre se pelearon otra vez esta noche.

Él se pasó una mano por el pelo.

—¿Por qué?

—Por tu fecha de nacimiento.

—¿Qué tiene que ver mi cumpleaños con la boda?

—Parece que todo. Tienes dos cuatros en tu fecha de nacimiento.

—¿Y?

—En chino eso trae mala suerte.

—¡Maldita sea! ¡Superstición de mierda!

—Bueno, claro que es superstición, pero no es diferente a que los occidentales consideren que el viernes trece trae mala suerte. Por desgracia, a Ursula le hizo sentir muy mal. —Sus ojos se volvieron hacia el techo.

—Yo me encargo. Gracias, Maya. —Él subió corriendo las escaleras, dando dos pasos cada vez. Nadie tenía derecho a molestar a la mujer que amaba, ni siquiera su futura suegra. Y menos por una estupidez como un cumpleaños.

Sin llamar, entró en la habitación de invitados.

—¡Ursula!

No estaba sola. Vera la rodeaba con los brazos y le acariciaba el cabello con la mano. Ambas levantaron la vista cuando la puerta se cerró tras él.

—Justo a tiempo —dijo Vera con calma y se levantó de la cama.

Inmediatamente, Oliver estrechó a Ursula entre sus brazos y le frotó la espalda con las manos.

—Lo siento mucho, cariño. Acabo de enterarme. Dime, ¿qué puedo hacer? —Miró sus ojos manchados de lágrimas y su corazón sangró por ella.

Antes de que Ursula pudiera contestar, Vera respondió:

—Tengo una idea de cómo arreglarlo.

Oliver la miró.

—¿Cómo? La última vez que chequé, nadie podía cambiar su cumpleaños así porque sí.

—Bueno, técnicamente tu cumpleaños es el día en que te convirtieron en vampiro, que creo que fue el 8 de agosto. Eso significa que tienes dos 8 en tu fecha de nacimiento, y eso da muy buena suerte.

—Sí, pero no puedes decírselo exactamente a la madre de Ursula sin decirle que soy un vampiro.

—¡Claro que no! Pero puedo usar el control mental para hacerle creer que oyó el 8 de agosto en vez del 4 de abril cuando Rose le dijo tu cumpleaños.

Ursula se soltó de su abrazo y se sentó sobre los talones.

—¡Esa no es una solución! No podemos seguir borrando la memoria de mis padres cuando ocurre algo que no les gusta.

—Pero lo hicimos después de que escaparas de esos vampiros. Tuvimos que hacerlo.

—Exacto. Teníamos que hacerlo —dijo Ursula con firmeza—. Pero esta vez no. Que mi madre tenga una idea loca sobre numerología no significa que tengamos que borrarle la memoria. Tenemos que razonar con ella.

Oliver puso los ojos en blanco.

—¿Razonar con tu madre? ¿No estás pidiendo demasiado?

Ursula apoyó las manos en las caderas.

—¿Qué estás diciendo?

—Solo digo que no es probable que escuche.

—¡No la conoces como yo!

Oliver se levantó de la cama de un salto.

—Bueno, no soy yo el que está llorando y todo alterado, ¿verdad?

—¡No puedo creer que hayas dicho eso!

Conmocionado, Oliver retrocedió. ¿Estaban teniendo su primera pelea? Nunca habían discutido. Durante unos largos instantes, se limitó a mirar fijamente a Ursula, que le sostuvo la mirada sin inmutarse.

—Por eso siempre me incomodan las visitas familiares —dijo Vera con calma—. Sacan lo peor de la gente.

Oliver lanzó una mirada a Vera y bajó la cabeza.

—Lo siento. —Levantó los párpados para mirar a Ursula, poniendo lentamente un pie delante del otro para acercarse de nuevo a ella—. Es que odio verte infeliz. Me hace daño. Toma. —Colocó el puño sobre su corazón—. No soporto no poder ayudarte.

Ursula le tendió los brazos y él se dejó abrazar, apoyando la cabeza en su pecho y rodeándola con los suyos.

—Yo también lo siento. Es que todo es tan abrumador. Cada día hay algo más que va mal.

Él levantó la cabeza.

—Nada más saldrá mal, te lo prometo. El día de nuestra boda será el más feliz de nuestras vidas.

Una sonrisa se dibujó en sus labios.

—¿Estás diciendo que después del día de nuestra boda no volveremos a ser tan felices?

Él se rio entre dientes.

—No quise decir eso.

—¿Qué querías decir?

—¿Quieres que te lo enseñe?

—Uhm... —interrumpió la voz de Vera.

Vaya, había olvidado que Vera seguía en la habitación. Le sonrió tímidamente.

—Gracias, Vera, por estar ahí cuando Ursula te necesitaba.

—No hay problema.

—¿Qué hacemos ahora con tu madre? —preguntó Oliver.

—Nada —dijo Ursula—. Mi madre está consiguiendo lo que

quiere con todo lo demás: el vestido de novia, las damas de honor, la fecha de la boda, las decoraciones... pero no voy a ceder con el novio.

Oliver sonrió.

—¡Esa es mi chica!

10

____

Después de mucho llorar, Ursula había llegado a una tregua con su madre. Mientras todo lo demás de la boda se organizara de modo que compensará la *desafortunada* fecha de nacimiento de Oliver, como ella la llamaba, lo pasaría por alto y no volvería a mencionarlo. Eso significaba que su madre incluiría todos los amuletos de la buena suerte que conociera en la decoración de la boda, casi como si pensara que podría ahuyentar la mala suerte que traía la fecha de nacimiento de Oliver.

Ursula había aceptado, pues no quería enemistarse más con su madre. Al fin y al cabo, era la única hija de sus padres y esta sería la única boda que su madre tendría que organizar.

Finalmente, llegó el día. En unas horas se casaría con Oliver. La casa ya estaba repleta de personal del servicio de banquetes.

Su madre aún no había vuelto del estilista, y su padre había decidido tomar una breve siesta, alegando que aún no se había adaptado a la diferencia horaria entre Washington D.C. y San Francisco.

Cuando oyó un suave golpe en la puerta de su habitación, ella supo instintivamente de quién se trataba. ¿Estaba sintiendo ya la conexión especial que solo tenían las parejas unidas por la sangre? Juraba que podía sentir su presencia en la casa desde el momento en que entró, poco después de la puesta de sol.

—Pasa.

Oliver se deslizó dentro, cerrando rápidamente la puerta tras de sí.

—¡Hey!

Aún estaba en jeans y camiseta.

—¡Más vale que no te vean aquí o a mi madre le dará un ataque!

Él se rio y la estrechó entre sus brazos.

—Aún no llevas el vestido, así que creo que no cuenta.

Sonriendo, ella le rodeó con los brazos y atrajo su cabeza hacia ella.

—¿Y no le das un beso a la novia?

—Ya que lo pides tan amablemente... —él murmuró, deslizando los labios sobre los suyos y atrapándolos.

Cuando su lengua se deslizó entre sus labios y empezó a explorarla con caricias largas y sensuales, ella suspiró contenta. Lo había extrañado durante esta semana, a pesar de haberlo visto todos los días. Pero nunca habían tenido un momento a solas. Siempre había alguien ahí.

Las manos de Oliver recorrieron su cuerpo, sus dedos la acariciaban igual que lo hacía su lengua. El calor y el deseo la invadieron, corriendo por su cuerpo como un torrente. Todo su cuerpo hormigueaba del placer y el lugar entre sus piernas vibraba, anhelando una caricia. Su caricia. Su beso. Nunca había creído que el amor pudiera ser así: absorbente, apasionado y, al mismo tiempo, reconfortante y seguro. Sin embargo, se sentía segura, segura con un vampiro, la misma criatura a la que antes había temido. Oliver le había hecho olvidar todos sus miedos y le había demostrado que incluso un vampiro podía amar.

Ahora sentía su amor. Ardía con fuerza y constancia. Lo sentía con cada caricia y cada beso. Y esta noche, después de la ceremonia, lo sentiría en su mordida. Su amorosa mordida, cómo con amor y en silencio, él la haría suya para siempre. Cómo le otorgaría la inmortalidad sin despojarla de su humanidad. Cómo se haría vulnerable, porque una vez que se unieran por la sangre, Oliver solo podría alimentarse de ella. Su cuerpo rechazaría cualquier otra sangre. De hecho, enfermaría gravemente si alguna vez bebiera sangre que no fuera la de ella.

Para que un vampiro se uniera a un humano era necesaria la máxima confianza. Ella sintió esa confianza entre ellos.

Cuando él por fin cortó el beso, ella respiró con dificultad.

—Tenemos que parar, cariño, o no habrá boda, porque te ataré a mi cama y no te soltaré.

Ella se rio entre dientes.

—¿Sería eso tan malo?

Él sacudió la cabeza y movió el dedo juguetonamente.

—Y privarme de verte caminar hacia el altar con tu precioso vestido blanco mientras...

—¿Vestido blanco? —le interrumpió ella.

Él se echó un poco hacia atrás, frunciendo el ceño.

—Sí, claro.

—Oliver, no llevaré un vestido blanco. Mi vestido es rojo. El blanco es de mala suerte en una boda china. El rojo es de buena suerte.

Vio cómo la expresión de Oliver cambiaba a una de consternación.

—¡Oh, no!

El temor se apoderó de ella.

—¿Qué?

—¿Dijiste que el blanco es malo? ¿Y las flores blancas? Podemos tener flores blancas, ¿verdad?   —preguntó con un gesto consternado.

Su estómago cayó en picado.

—¿Flores blancas? Por favor, no me digas que has comprado flores blancas para la boda. —Le miró a la cara.

—¡No lo sabía! Te juro que no tenía ni idea —insistió.

Ursula se cubrió la cara con las manos.

—¡Oh, no! ¡Esto no puede ser! —resopló, tratando de contener las lágrimas—. ¡Nunca debí decirte que te ocuparas de las flores! Tendría que haberlo hecho yo. ¡Dios mío, mi madre se va a poner lívida!

—¡Cariño, yo lo arreglaré!

Ella bajó las manos.

—¡No puedes arreglarlo! ¡Ahora nunca conseguirás tantas flores rojas! Solo faltan unas horas para la ceremonia. ¡Si es que hay ceremonia! En cuanto mi madre vea las flores, insistirá en que cancelemos todo.

Oliver la tomó de los hombros, obligándola a mirarle.

—Lo arreglaré. ¡Cueste lo que cueste! Pero esta boda se celebrará esta noche, ¡de una manera u otra! Me desharé de las flores blancas. Te lo prometo. Cuando entres en esa tienda dentro de unas horas, las flores serán rojas. ¡Confía en mí, por favor!

La mirada que él le dirigió fue penetrante. Durante largos segundos, ella se limitó a mirarle fijamente. ¿Qué otra opción tenía? Tenía que confiar en él para hacer las cosas bien. Asintió en silencio.

Le dio un beso rápido en los labios y salió de la habitación.

Oliver bajó corriendo las escaleras. ¡Mierda! Había metido la pata. No recordaba si Ursula le había dicho alguna vez lo de no recibir flores blancas, o si simplemente había dado por sentado que él lo sabía. Ahora no importaba. No había necesidad de perder el tiempo culpando a alguien. Lo hecho, hecho estaba. Y ahora tenía que deshacerlo. Rápidamente, y sin que sus padres, sobre todo su madre, se dieran cuenta.

Al pie de la escalera, estuvo a punto de chocar con Cain, uno de sus colegas. El vampiro de barba incipiente parecía haber nacido con esmoquin puesto. Antes de esta noche, solo había visto a su compañero guardaespaldas con ropa informal y no tenía ni idea de lo bien que vestía de etiqueta.

—¡Hey, Cain! —le saludó.

Cain le echó un vistazo y luego a las escaleras y sonrió satisfecho.

—¿Viniste a escondidas a ver a la novia?

Oliver suspiró.

—Menos mal que lo hice. ¿Ya volvió su madre del estilista?

—No la he visto. —Hizo un gesto al guardia que estaba en la puerta de entrada—. Bob lleva aquí una hora, tal como me pediste. Tengo a otro de mis hombres en la entrada lateral. El personal del banquete usará la entrada lateral y los invitados la entrada principal.

Oliver asintió con aprobación.

—Gracias por ocuparte de eso. Me hace sentir mejor. —Una mirada al guardaespaldas al que Cain había llamado Bob le dijo que aquel hombre era un vampiro. Se inclinó más hacia Cain y bajó la voz a un susurro—. ¿Y el de la entrada de comerciantes también es vampiro?

Su colega asintió.

—Bien. Necesito que alguien vigile que los padres de Ursula no entren en la tienda.

—¿Pasa algo?

—Se podría decir que sí.

Cain inclinó la cabeza hacia la puerta del salón.

—Thomas y Eddie acaban de llegar. Quizá puedan vigilar la entrada a la tienda. Lo haría yo mismo, pero aún tengo que hacer un barrido del perímetro.

—Les voy a preguntar.

Sin perder un segundo, Oliver marchó hacia la sala. Thomas y

Eddie estaban cerca de la chimenea, hablando en voz baja, aunque él podía oír lo que decían gracias a su superior oído vampírico. Sus colegas vampiros eran rubios, pero esta noche tenían un aspecto muy diferente. Habían cambiado su habitual uniforme de motociclista de cuero por elegantes esmóquines negros y parecían solteros codiciados de un programa de televisión. Solo que ninguno era soltero. De hecho, estaban casados, el uno con el otro.

—¡Thomas! ¡Eddie! —les llamó Oliver, interrumpiendo su íntima conversación. Los dos tortolitos llevaban poco tiempo juntos y, por lo que parecía, aún estaban en la fase de luna de miel.

—Oliver, el hombre del momento —respondió Thomas con una sonrisa.

—¿Así te vas a casar? —preguntó Eddie negando con la cabeza.

—Claro que no. Pero ahora necesito tu ayuda. ¿Puedes vigilar la tienda por mí?

Thomas arqueó las cejas.

—¿Crees que alguien se la va a llevar?

Ignorando su broma, Oliver dijo:

—Solo vigila la entrada y asegúrate de que ni los padres de Ursula ni ninguno de los otros humanos entren en la tienda.

—Claro, podemos hacerlo. ¿Pero por qué no quieres que entren en la tienda?

—Porque las flores son blancas y tienen que ser rojas. O traerán mala suerte.

Eddie se encogió de hombros.

—OK, eso no tiene sentido, pero si quieres que estemos allí, lo haremos, ¿verdad? —Miró a su compañero, que asintió.

—¡Gracias, chicos! —Aliviado, Oliver salió corriendo de la habitación y se dirigió a la cocina. Varios miembros del personal de banquetes estaban trabajando febrilmente en la preparación de la comida. Pero la persona que él buscaba no estaba ahí. Salió de la cocina, sacó el celular y marcó un número.

—¿Sí? —respondió Wesley.

—Necesito que me hagas un favor. ¿Puedes venir a casa ahora mismo? —Oliver caminaba por el pasillo cuando se abrió la puerta del sótano y la cochera.

—Ya estoy aquí. —Wes cruzó la puerta. Detrás de él apareció Haven, y un momento después, Blake.

—¿Aún no te has arreglado? —preguntó Blake—. Los invitados ya van a empezar a llegar.

—¿Qué estaban haciendo ahí abajo? —preguntó Oliver, ignorando la pregunta de Blake. Tardaría cinco minutos en vestirse.

Wes gruñó descuidadamente y se quitó un poco de polvo de la manga del esmoquin.

—Nada. ¿Qué pasa?

—Hay un problema con las flores.

—¿Cuál es el problema? —preguntó Wes—. Estaban perfectas cuando llegaron esta mañana. Me aseguré de ello. ¡No es mi culpa si ellos las arruinaron después! Aparte, te estaba haciendo un favor.

Oliver agarró a su amigo por el hombro.

—¡Hey! No te estoy culpando. No es culpa tuya. Es culpa mía. Son del color equivocado. No podemos tener flores blancas en la boda. Traen mala suerte. Necesito que sean rojas.

Wes le lanzó una mirada de "no es mi problema".

—Es imposible que una florería te consiga tantos arreglos florales rojos en el poco tiempo que nos queda. Aunque fueras a varias florerías, no tendrían suficientes para reemplazar todas las actuales.

—Por una vez, Wes tiene razón —añadió Haven.

Wes fulminó a su hermano con la mirada.

—¡He dicho que lo siento! ¿De acuerdo? Me ocuparé de los perros después de la boda.

—¿Te refieres a los cerdos? —añadió Blake, riendo entre dientes.

Wes se giró hacia Blake.

—¡No estás ayudando!

—¡Basta! —exclamó Oliver—. Eso no importa ahora. Lo que

importa es que Wesley puso rojos a los cerdos. —Y ese desafortunado incidente le proporcionaría ahora la solución a su problema.

Haven se aflojó el moño de corbata.

—Bueno, al menos alguien está de acuerdo en que mi hermanito no tiene nada que hacer practicando brujería. —Lanzó una mirada de reojo a Wes.

—Uno de estos días cambiarás de opinión al respecto —advirtió Wes.

—¡Silencio! —gritó Oliver, y por fin los tres se callaron y se le quedaron mirando como si por fin hubiera perdido la cabeza. Quizá lo había hecho—. Wes, necesito tu ayuda. Tienes que teñir de rojo las flores de la tienda. Ahora mismo. Antes de que las vean los padres de Ursula.

—¿Cómo?

—Teñiste de rojo a los cerdos. Usa el mismo hechizo.

Una amplia sonrisa se dibujó en el rostro de Wesley.

—¿Significa que vas a donar un poco más de tu sangre?

—Solo para este hechizo —concedió Oliver.

Wesley rebuscó en el bolsillo interior y sacó un frasco de cristal.

—¿Siempre llevas un frasco encima? —preguntó Blake.

Wesley le guiñó un ojo.

—Primera regla de un guardaespaldas: siempre tienes que estar preparado.

Haven puso los ojos en blanco.

—Más bien la primera regla de un oportunista.

Wes se encogió de hombros.

—También necesito algunas cosas de tu despensa. Y unos minutos para mezclar la pócima. De preferencia, donde nadie pueda entrar a vernos.

—El gimnasio de abajo —sugirió Oliver.

Al instante, los tres negaron con la cabeza.

—¿Qué tal la lavandería? —sugirió Haven.

—Eso bastará.

Les tomó quince minutos desde que Oliver *donara* un poco de sangre hasta que la pócima de Wesley estuviera lista para usarse. Asegurándose de que Thomas y Eddie estuvieran en sus puestos para vigilar que nadie entrara en la tienda, Haven se situó dentro de ella, bloqueando el pasillo de la entrada de los comerciantes para que ninguno de los empleados del servicio de banquetes les molestara durante el hechizo, mientras que Blake bloqueó la puerta de la cocina para que ninguno de los camareros o el personal de cocina pudiera ver dentro de la tienda desde allí.

—Haz lo tuyo —dijo Oliver, señalando con los brazos los arreglos florales blancos que había sobre las mesas y decoraban el podio, así como las varillas que sostenían la tienda.

En la tienda había mesas y sillas para más de cien invitados. Mientras que los manteles eran blancos, las fundas blancas de las sillas lucían lazos rojos. Y las servilletas eran igualmente rojas. Tuvo que admitir que le gustaba aquel color tan intenso. Le recordaba a la sangre de Ursula.

—Atrás —advirtió Wesley y se dirigió al centro de la tienda.

Oliver le oyó murmurar algo incoherente — supuestamente el hechizo — antes de arrojar al suelo el frasco con la pócima.

Instintivamente, Oliver dio otro paso atrás cuando del frasco de cristal roto salió humo rojo. Conforme avanzaba en remolino, una a una las flores se volvieron rojas. Pero las flores no fueron lo único que adquirió ese color mágico: los manteles y las fundas de las sillas también se volvieron rojos.

Oliver se encogió de hombros. Eso no podía dañar.

Wesley se volvió hacia él, con una gran sonrisa.

Junto a Oliver, Haven soltó un suspiro. Luego dio unos pasos hacia su hermano, lo abrazó bruscamente y le dio una palmada en el hombro.

—¡Lo has hecho bien, Wes! Estoy orgulloso de ti.

Si Oliver no tuviera una visión vampírica mejorada, no habría notado el brillo húmedo que se formó en los ojos de Wesley como reacción al cumplido de su hermano mayor.

Por fin Wesley había conseguido algo para ganarse la aprobación de su hermano. Quizá meter la pata con las flores no había sido tan malo después de todo.

Oliver sonrió. Nada más podría salir mal ahora.

11

———

Durante casi dos horas, él había visto llegar a todos los invitados. Nadie se fijó en él, de pie a la sombra de un arbusto al otro lado de la calle. Estaban demasiado ocupados desfilando con sus ropas elegantes. Llegaron más humanos que vampiros, muchos de ellos chinos. Estaba claro que la novia tenía una gran familia, aunque ninguno de sus parientes parecía llevar la sangre especial. Incluso desde el otro lado de la calle habría sido capaz de olerla, tan acostumbrado estaba a ella.

Los botones humanos estacionaban los coches de los invitados, y un guardia vampiro en la puerta de entrada revisaba las invitaciones. Otro guardia vampiro estaba en la entrada de comerciantes por la que entraba el personal de servicio, los camareros y el personal de cocina.

Él se había vestido para la ocasión. Con su esmoquin negro se mezclaría con los invitados como si perteneciera a aquel lugar. Solo los vampiros del lugar sabrían que no lo era. Pero pronto estarían todos en la tienda de la parte trasera de la casa, y el único con el que tendría que vérselas sería el que custodiaba la puerta de entrada.

La casa estaba iluminada como un árbol de Navidad. Le resultaba fácil observar lo que ocurría. Cuando la sala empezó a vaciarse, supo que los invitados estaban ocupando sus puestos en la tienda. Ya no podía faltar mucho.

Levantó los ojos hacia el piso superior. En una de las habitaciones, Ursula estaría esperando, sola, mientras todos los demás estarían en la tienda.

Ya era hora.

Con calma, cruzó la calle y se acercó a la puerta de entrada, fuera de la vista del vampiro que custodiaba la entrada lateral. La puerta de la casa estaba abierta, pero bloqueándola había un vampiro de guardia. El tipo no le conocía y esa era su ventaja.

Le mostró al guardia una sonrisa encantadora.

—Espero no haber llegado tarde.

El vampiro hizo un gesto hacia el interior.

—Empezará en unos minutos. —Luego le señaló con la cabeza—. ¿Cómo te llamas? Y tu invitación, por favor.

—Michael Valentine —contestó y se metió la mano en el bolsillo de la chaqueta—. Y aquí tienes mi invitación.

Con un solo movimiento rápido, él sacó una estaca de su bolsillo interior y la clavó en el corazón del guardia, antes de que el hombre pudiera apenas reaccionar.

El vampiro se desintegró en polvo. Michael se volvió para asegurarse de que el vampiro que custodiaba la puerta lateral no hubiera oído nada sospechoso. No se escuchaba ningún ruido procedente de la entrada de los comerciantes. Rápidamente escondió el juego de llaves, el celular y las monedas sueltas que quedaron del vampiro en los arbustos.

Sin impedimentos, él entró en la casa. Sin vacilar, subió las escaleras, cuando oyó que empezaba la música en la tienda. Pero no habría ceremonia. Ni boda. Ni vínculo de sangre.

Vengo por ti, Ursula.

—Creo que esa es nuestra señal —dijo su padre cuando la música salió de la tienda.

Ursula se apartó del espejo de cuerpo entero de la habitación de invitados y se vieron cara a cara.

Él le devolvió la sonrisa.

—Estás preciosa, Wei Ling. Ya eres toda una mujer. Nos haces sentir muy orgullosos, a tu madre y a mí.

—¿Aunque no me case con un chino?

—Eso nunca me importó tanto. —Se rio entre dientes—. Ahora bien, tu madre, esa es otra historia. Pero se acostumbrará. No te preocupes.

—Gracias, papá. —Se inclinó hacia él y le besó en la mejilla.

Por un momento, dudó. Había tantas cosas que quería contarle, confesarle quién era Oliver y lo que había hecho por ella. Cómo la había rescatado de una vida encadenada. Sus padres no sabían nada. Tras liberarla del burdel de sangre, Oliver y Scanguards habían hecho todo lo posible por borrar la memoria de sus padres y lo mismo habían hecho con todos los que sabían de su desaparición de tres años. Pero había momentos como éste en los que quería decir la verdad, aunque sabía que solo le causaría dolor.

—Te quiero mucho, papá —prefirió susurrar—. Por todo lo que tú y mamá han hecho por mí.

Algo avergonzado, su padre sonrió.

—Es hora de ir a conocer a tu marido.

—¡No lo creo! —Una amenazadora voz masculina salió de la puerta al cerrarse tras él.

Ursula giró la cabeza hacia el intruso y casi tropezó con su largo vestido rojo. Se le cortó la respiración al reconocer al hombre. Aunque no recordaba su nombre, sabía que era uno de los antiguos clientes del burdel de sangre. Sanguijuelas, los llamaban ella y las demás chicas.

—¿Qué es esto? —preguntó su padre, indignado—. ¡Fuera!

—¡Solo cuando tenga lo que quiero! —gruñó el vampiro, con los ojos enrojecidos y los colmillos descendiendo.

Su padre jadeó, pero Ursula conocía demasiado bien la mirada del vampiro. Había venido por su sangre.

—¡¿Qué eres?! —se atragantó su padre mientras se ponía delante de Ursula como para protegerla.

Pero Ursula sabía que su padre no era rival para el vampiro. Ningún humano lo era. Pasó a su lado, mirando a la sanguijuela.

—¡Oliver te matará si me haces daño! —advirtió.

—No nos atrapará. Cuando se dé cuenta, ya nos habremos ido.

Al oír sus palabras, Ursula sacudió la cabeza con incredulidad. ¡No! No había venido simplemente a atacarla aquí y beber su sangre, ¡estaba planeando secuestrarla!

—¡No! —gritó, pero sabía que la música de la tienda impediría que su grito llegara a oídos de Oliver. Él se quedaría allí, en el podio, esperándola en vano. Esperando, mientras la secuestraban.

—Ahora ven a mí y no te haré daño —prometió el vampiro, y luego añadió—... tanto.

—¡Deja en paz a mi hija, monstruo! —gritó su padre y saltó hacia él antes de que pudiera detenerlo.

—¡No! ¡Papá! ¡No!

Pero ya era demasiado tarde. De un puñetazo, el vampiro derribó a su padre a través de la habitación y contra la pared, donde se desplomó de un gemido.

—¡Oh, no! ¡Papá! ¡No! —Lo revisó con la mirada. No veía sangre, pero el impacto podía haber dejado heridas internas. En su interior chocaron la rabia y la preocupación—. ¡Pagarás por esto!

El vampiro soltó una risita, y el sonido la hizo estremecerse del asco. Como un tigre, él se acercó, poniendo un pie delante del otro. Lentamente, como si disfrutara el momento y no quisiera que terminara demasiado pronto. Como un gato jugando con un ratón.

Frenéticamente, ella buscó en la habitación algo que pudiera usar como arma, pero no encontró nada.

Ahora estaba a su merced.

—He esperado esto durante tanto tiempo —confesó su agresor —. Todos esos días en mi fría celda soñaba con esto, con encontrar otra puta de sangre. Ya casi me había rendido.

—¡Aléjate de mí! —volvió a advertir—. Oliver te matará.

Un gemido procedente del lugar donde su padre se había desplomado le dijo que estaba vivo. Lanzó una rápida mirada en su dirección y se dio cuenta de que intentaba moverse, pero con dificultad.

—Tal vez —dudó el vampiro—. Pero solo después de conseguir lo que quiero. —Mostró los colmillos y dio otro paso hacia ella.

Como un puño frío, el miedo le atrapó el corazón. Ahora podía verla en sus ojos: la locura. Una vez que empezara, no podría dejar de beber de ella. La drenaría.

Esta noche, en su noche de bodas, ella moriría. Y su padre tendría que verlo sin poder hacer nada.

12

Oliver veía cómo Blake ataba los anillos de boda al cojín rosa y se lo entregaba a Isabelle. La niña les sonrió, tan adorable con su vestido rosa. Junto con Delilah, todos se detuvieron ante las puertas francesas del salón que daban al camino techado que conducía a la tienda. La música de la tienda, donde tocaba un cuarteto de cuerda, llegaba hasta la sala por los altavoces.

—¿Están seguros que podrá hacerlo? —preguntó Oliver y sonrió.

Delilah intercambió una mirada con su hija.

—Claro que sí. ¿Verdad, Isabelle?

La niña sonrió.

—Ahora entra en la tienda como habíamos practicado.

Isabelle se dio la vuelta y se tambaleó por el sendero, aún un poco tambaleante sobre sus pies. Delilah la seguía de cerca, dispuesta a atraparla si se caía.

—Bueno, ya casi es la hora —dijo Blake, sonriendo—. Aún puedes cambiar de opinión, ¿sabes? Te la quitaría de las manos en un santiamén.

Oliver le golpeó en el costado.

—Ni hablar.

Su medio hermano soltó una risita.

—Pensé en intentarlo una última vez.

—Oye, gracias por ser mi padrino.

—Me alegra que lo hayas pedido.

De repente se abrió la puerta del pasillo.

—¿Llegamos demasiado tarde? —preguntó una voz familiar.

Oliver giró sobre sus talones y vio al Dr. Drake entrando a toda prisa, con su muñeca Barbie recepcionista del brazo.

—Lo siento, espero que esta sea la entrada correcta, pero no había nadie que nos dijera por dónde ir. Por suerte la puerta estaba abierta. —Se disculpó y encogió los hombros.

—El guardia de fuera debería haberte dirigido —dijo Oliver.

—¿Qué guardia?

A Oliver se le detuvo el corazón. Sin responder, pasó junto a Drake y se precipitó hacia el vestíbulo. Abrió de un tirón la puerta de entrada, pero el vampiro que Cain había puesto allí ya no estaba. Se volvió hacia el vestíbulo cuando pisó algo. Se agachó e inspeccionó el objeto. Una moneda de diez centavos se había atorado entre las juntas de dos losas de travertino.

Aunque encontrar una moneda perdida no era algo inusual, los pelos de la nuca de Oliver se erizaron y un escalofrío recorrió su espina dorsal.

Algo no iba bien. Cain nunca habría sacado al guardia de su puesto.

Blake salió corriendo del salón.

—¿Qué está pasando?

Oliver ya se dirigía hacia las escaleras que conducían a los pisos superiores.

—Alerta a Cain y que rastree el lugar en busca de intrusos. Con discreción. No quiero que nadie alarme a los invitados.

—Entendido.

Pero Oliver apenas oyó la respuesta de Blake. Había sido guardaespaldas el tiempo suficiente para saber cuándo debía hacer caso a sus instintos. Y su instinto le decía que se asegurara de que Ursula estuviera a salvo. Que presuntamente fuera de mala suerte ver a la novia vestida de novia antes de la boda no importaba.

Cuando llegó el piso superior, su sospecha se confirmó. Ursula estaba en peligro. Un grito ahogado llegó a sus sensibles oídos. Un humano no lo habría oído, pero él sí.

Abrió de golpe la puerta de la habitación de invitados y entró en ella a toda velocidad, evaluando la situación en una fracción de segundo sin ralentizar sus movimientos.

Un vampiro apretaba a Ursula contra la pared, impidiéndole luchar contra él con sus manos, aunque ella le pateara las piernas contra sus espinillas, mientras la cabeza del vampiro se acercaba a su cuello. El pánico y la desesperación brillaban en los ojos de Ursula. A unos metros, Yao Bang luchaba por levantarse del suelo, aunque se veía débil y aturdido.

El vampiro giró la cabeza y vio a Oliver al instante. Gruñó, con los ojos enrojecidos y los colmillos saliéndole de los labios. Oliver le reconoció. Era uno de los adictos que había tratado Scanguards.

—¡Michael Valentine! —gritó Oliver.

Valentine entrecerró los ojos y se movió tan deprisa que un humano solo vería un borrón, poniendo a Ursula frente a él como un escudo, con el brazo rodeándole los antebrazos para que no pudiera moverlos y las garras de la otra mano presionando la suave carne de su garganta.

—¡Un movimiento y la rebano! —advirtió.

Oliver se detuvo en su movimiento. No podía arriesgar la vida de Ursula, y sabía que un solo tajo de las afiladas garras de Valentine sobre su cuello la mataría casi instantáneamente. Oliver ni siquiera tendría tiempo de convertirla en vampiro para salvarle la vida. Moriría.

Tenía que ganar tiempo.

—No la matarás —insistió Oliver—. Quieres su sangre especial.

Un parpadeo en los ojos de Valentine le confirmó que había acertado. El vampiro seguía siendo un adicto. Zane tenía razón. La rehabilitación no había funcionado con todo el mundo.

—¡Aléjate de la puerta! —ordenó Valentine.

—¡No!

Oliver desvió la mirada hacia Ursula, que había sido quien había expresado la protesta.

—No lo hagas. No dejes que me lleve. Prefiero morir a que me encarcelen de nuevo. —Sus ojos le suplicaron.

Sabía lo que pasaba por su mente. Si Valentine se la llevaba, se enfrentaría al mismo calvario que había pasado durante tres años mientras estuvo prisionera en el burdel de sangre.

—No dejaré que te lleve —le prometió.

—No veo cómo puedes evitarlo —dijo Valentine y empezó a caminar de lado, arrastrando a Ursula con él.

—La casa está plagada de vampiros. ¡Nunca podrás salir!

Desde donde el padre de Ursula yacía en el suelo, llegó un grito ahogado. Pero Oliver no podía volver la cara para mirar a Yao Bang, aunque sabía que tenía los ojos abiertos y los observaba con horror.

Valentine soltó una carcajada burlona.

—Están todos en la tienda de la parte trasera de la casa. —Señaló la ventana—. Nosotros saldremos por delante.

Oliver estaba preparado para atacar. Sus ojos buscaron en la habitación cualquier arma, porque no llevaba ninguna en su elegante esmoquin. No había lugar para ocultar una estaca.

Unos pasos más y Valentine estaría en la ventana. La respiración de Oliver se aceleró. Tenía que hacer algo ya.

Cuando Valentine arrastró a Ursula con él, su vestido se enganchó en las patas de una silla y ella tropezó de lado. Valentine la sujetó, pero las garras que tenía en la garganta resbalaron momentáneamente.

Al ver su oportunidad, Oliver se abalanzó. Sus garras se alargaron en pleno vuelo, su brazo se echó hacia atrás para hacer palanca y luego giró hacia delante para golpear el hombro de Valentine, hacerlo retroceder y hacerle perder el agarre sobre Ursula.

Ursula cayó, desequilibrada por la fuerza del impacto. Sus piernas, ya enredadas en el vestido largo y las enaguas que llevaba debajo, perdieron el equilibrio y cayó hacia delante. Por el rabillo del ojo, Oliver la vio agarrar la silla para frenar su caída, pero no pudo ayudarla, porque las garras de Valentine se dirigían hacia él en un golpe que le hizo perder la cabeza.

Sin apenas respirar, Oliver dirigió un puñetazo a Valentine y le golpeó en un lado del cuello, haciéndole caer de lado. Cuando Valentine cayó contra el marco de la ventana, Oliver miró a su alrededor. Pero no había tiempo para encontrar algo con lo que hacer una estaca.

Valentine se impulsó desde el marco de la ventana con tal rapidez y agilidad que Oliver se vio sorprendido cuando su atacante lo golpeó con el cuerpo, derribándolo al suelo. Oliver aterrizó de espaldas contra el suelo de madera, haciendo que las tablas gimieran en señal de protesta.

Una garra se dirigió hacia él, pero Oliver la bloqueó con el antebrazo, empujando hacia atrás mientras se retorcía bajo su atacante. La rabia que corría por sus venas le dio más fuerza, y consiguió apartar a Valentine de él. Sin embargo, su oponente era ágil y se puso de pie al mismo tiempo que Oliver se levantaba.

Esta vez, Oliver no dejó que el siguiente puñetazo de Valentine encontrara su objetivo. En lugar de eso, Oliver giró sobre sus talones y lo esquivó con elegancia.

Sus gruñidos y gemidos combinados llenaron la habitación y se mezclaron con la pesada respiración de Yao Bang y Ursula, que habían conseguido ponerse de pie.

Ursula había corrido hacia su padre y, por el rabillo del ojo, Oliver vio a los dos mientras Ursula intentaba calmar a su padre y los ojos de ella recorrían la habitación, aparentemente buscando algo. Pero no podía concentrarse en ella, porque defenderse de las patadas y puñetazos de Valentine requería toda su concentración. Y con el incómodo esmoquin, se sentía con menos movilidad que de costumbre, aunque su oponente tenía la misma desventaja, pues también llevaba esmoquin.

Con cada golpe, Oliver se daba cuenta cada vez más de que él y su oponente tenían la misma fuerza. Eran igual de altos y bien construidos. Lo que él necesitaba era una ventaja. Porque podían pasar minutos hasta que uno de sus colegas subiera a este piso a buscarlos.

Oliver apretó los dientes y golpeó con más fuerza. Valentine se balanceó sobre sus pies, dando a Oliver la esperanza de que se estuviera cansando, pero no era el caso, como comprobó un instante después. Tan rápido como un tren bala, el otro vampiro saltó a un lado, agarró la silla y la estampó contra la pared, rompiéndola.

—¡Mierda! —maldijo Oliver, al ver que Valentine sujetaba con la mano una de las patas de madera que se había roto.

Ahora su oponente tenía una estaca.

La sonrisa malvada en la cara de Valentine confirmó que el bastardo no podía esperar a usarla.

—Supongo que ya está —dijo Valentine con una sonrisa autocomplaciente, luego saltó hacia Oliver.

La fuerza del impacto hizo retroceder a Oliver y la parte posterior de sus rodillas golpeó la cabecera, haciéndole caer sobre la cama, donde aterrizó boca arriba. Valentine saltó sobre él, inmovilizándolo y atrapando uno de sus brazos bajo la rodilla.

Con el brazo libre, Oliver luchó contra su atacante lo mejor que pudo, pero Valentine disponía de ambos brazos para luchar. A su izquierda, Oliver percibió un movimiento, algo rojo que nublaba su visión, pero no se atrevió a apartar los ojos de Valentine.

Triunfante, el otro vampiro levantó la estaca mientras Oliver intentaba empujarle hacia atrás con el brazo libre. En vano: la mano que sujetaba la estaca bajó.

—¡Carajo! —espetó entre sus dientes apretados.

Oliver oyó un crujido. ¿Se había roto un hueso del antebrazo? No podía asegurarlo, pero solo sabía que no podría contener a Valentine mucho más tiempo. Y una vez que Valentine le hubiera matado, nadie le impediría atrapar a Ursula.

—¡No! —gritó—. ¡Nooooo!

Con sus últimas fuerzas, empujó a Valentine hacia atrás, logrando catapultarlo fuera de él. Valentine se tambaleó unos pasos hacia atrás, cuando de repente se detuvo en seco, con los ojos abiertos de sorpresa y conmoción.

Un gemido salió de su garganta. Luego se desintegró en polvo. Detrás de él, Ursula estaba de pie, con el brazo extendido, sosteniendo una estaca improvisada. La reconoció como un trozo de la silla. No había sido su antebrazo el que se había roto. Ursula había roto una pata de la silla y la había usado como estaca.

Ella le había salvado.

Oliver saltó de la cama y corrió hacia ella, sin palabras, llevándola entre sus brazos. Apretó contra él su cuerpo tembloroso. Durante unos instantes, no pudo hablar.

—Se acabó —murmuró.

—Lo siento mucho. —La besó.

Del pasillo salieron corriendo varias personas. Cain irrumpió primero en la sala, seguido de Blake y Zane.

—¿Dónde está? —gritó Cain.

Oliver señaló al suelo, donde se había asentado el polvo.

—Está muerto.

Cain suspiró aliviado.

—Mató a Bob, que estaba cuidando la puerta principal. Encontré algunas de sus pertenencias. ¿Quién era?

—Michael Valentine.

—¡Carajo! —maldijo Zane. Él había sido el primero en interrogar a Michael Valentine cuando había llamado la atención de Scanguards. Y Zane también había sido quien había adivinado que la rehabilitación no funcionaría con todos los vampiros adictos.

—Tenías razón. La rehabilitación no funcionó con todos —le dijo Oliver a Zane. Entonces su mirada se posó en Yao Bang, que seguía de pie donde Ursula le había dejado hacía unos instantes, mirándolos con cautela. Parecía ileso.

—Consíguenos algo de tiempo abajo —ordenó Oliver, mirando a Blake.

—¿Y qué decimos?

—Fallo de vestuario. Lo que sea —dijo Oliver. Luego miró a Zane y a Cain—. ¿Estamos seguros de que era el único?

Ambos asintieron.

—Afirmativo.

—Bien. Entonces dennos un poco de intimidad. —Hizo un gesto a Yao Bang y sus compañeros asintieron con la cabeza. Se dieron cuenta de lo que tenía que hacer ahora.

Cuando la puerta se cerró tras los dos vampiros, Oliver miró a Ursula. Corrió hacia su padre y lo rodeó con los brazos.

—¿Estás herido?

Sacudió la cabeza.

—Solo unos moretones.

—Tenemos que borrarle la memoria —le dijo Oliver, evitando los ojos de su padre.

Ursula asintió con una expresión sombría en el rostro.

—Lo siento, papá, pero es por tu bien. Nunca deberías haber visto esto.

Oliver dio un paso hacia él, pero Yao Bang estiró la mano como para detenerle.

—¡Por favor, no lo hagas!

—No te dolerá. Te lo prometo. Ni siquiera te darás cuenta.

Yao Bang negó con la cabeza.

—Por favor. Hagas lo que hagas, no lo hagas. Déjame mis recuerdos. —Señaló el suelo donde había muerto el vampiro—. No *quiero* olvidar los peligros que hay ahí fuera.

Ursula sacudió la cabeza con vehemencia.

—¡Papá! ¡Por favor! Solo te preocuparás si lo sabes.

Los ojos de Yao Bang se suavizaron cuando miró a su hija.

—Wei Ling, pequeña mía, hasta ahora me he preocupado. Siempre me ha preocupado tu seguridad. Cuando te mudaste a Nueva York para ir a la universidad, me preocupé por ti. Porque hay mucha maldad en el mundo. Ahora ya no tendré que preocuparme. ¿No lo ves? —Señaló a Oliver—. Ahora sé que estarás protegida.

Oliver vio cómo la frente de Ursula se arrugaba de sorpresa.

—¿Pero no te escandaliza que vaya a casarme con un vampiro?

Una sonrisa amable curvó hacia arriba los labios de su padre.

—Él te ama. Cuando atacó al otro vampiro para salvarte, no dudó ni una fracción de segundo. —Luego se encogió de hombros—. Aunque supongo que un vampiro no habría sido mi primera opción, sobre todo porque no creía que existieran. Pero al menos eso significa que puede protegerte de otros vampiros.

Ursula suspiró.

—Por favor, al dejarme mis recuerdos, me concedes tranquilidad —suplicó Yao Bang.

Oliver intercambió una mirada con Ursula, luego dio un paso hacia su padre y le tendió la mano. —¿Me das tu palabra de que nunca divulgarás nuestro secreto?

Yao Bang asintió y tomó la mano de Oliver.

—Te lo prometo, hijo.

Era la primera vez que su futuro suegro le llamaba hijo.

—¿Y mi madre? —interrumpió Ursula.

—Deja que me ocupe de tu madre —prometió el padre de Ursula—. Encontraré la forma de decírselo si alguna vez es necesario. —Luego se quitó algunas partículas de suciedad del esmoquin—. Y ahora, creo que es hora de seguir adelante con esta boda o a tu madre le va a dar un ataque.

Oliver soltó una risita.

—Será mejor que me limpie un poco.

Ursula soltó una risita.

—Tengo *vampiro* por todo el vestido. —Señaló el polvo de su falda.

Sus miradas se encontraron y se calentaron en un instante. En pocas horas tendría *vampiro* por todo el cuerpo. Su cuerpo desnudo.

13

Desde su posición ventajosa en el pequeño podio de la tienda, Oliver miró hacia el pasillo. No podía ver a Ursula, pero sabía que estaba de pie junto a las puertas francesas del salón, dispuesta a caminar por el pasillo cubierto hacia la tienda. Se había asegurado de que ahora no ocurriera nada más. Zane y Cain se habían ofrecido como voluntarios para permanecer en la sala con ella y su padre hasta que estuvieran a salvo dentro de la tienda. Y una vez casados, Oliver la uniría por lazos de sangre lo antes posible. Solo entonces estaría realmente a salvo. Porque solo entonces podrían comunicarse telepáticamente entre sí. Y Oliver siempre percibiría inmediatamente si ella estaba en peligro.

Intentó relajarse y observó cómo Isabelle caminaba por el centro del pasillo, llevando en las manos el cojín con los anillos. Delilah la guiaba desde la barrera, asegurándose de que no se detuviera a mitad de camino, sino que caminara hasta el frente.

Cuando vio por primera vez a Ursula caminando del brazo de su padre, acercándose a cada paso, contuvo la respiración. Durante la lucha y los pocos momentos posteriores, no había tenido ocasión de admirarla y asimilar lo verdaderamente hermosa que era. Nunca había pensado que pudiera estar más gloriosa con un vestido de novia rojo que cualquier otra mujer con uno blanco. Elegante como una princesa, caminó hacia él, mirándolo fijamente. Todo el miedo y el pánico se habían borrado de su rostro.

Su corazón empezó a retumbar y temió que todo el mundo en la tienda pudiera oír cómo latía salvajemente. Porque latía por ella. Y gracias a ella.

Cuando Ursula y su padre se detuvieron por fin en el podio, él intercambió una breve mirada con Yao Bang. Una sonrisa de satisfacción se dibujó en los labios del anciano. Aunque Oliver no conocía muy bien a su suegro, cada vez le tenía más cariño. Que el padre de Ursula le aceptara con tanta sinceridad le reconfortaba el corazón. Su mirada recorrió a los invitados. Quinn estaba sentado cerca del podio. Su señor lo miraba tan orgulloso como lo haría cualquier otro padre, y detrás de él, Samson sonreía con una felicidad que le hacía brillar. Había sido el primero en ver potencial en él y le había ofrecido la oportunidad de una nueva vida. Sin Samson y Quinn, hoy no estaría aquí.

Apartó su mirada de ellos y sonrió para Ursula. Sus miradas se fundieron.

Oliver apenas oyó las palabras del ministro cuando pronunció una oración introductoria y Yao Bang le respondió cuando le preguntó quién entregaba aquella mujer a aquel hombre. Luego tomó asiento junto a su esposa.

Los segundos se convirtieron en minutos cuando intercambiaron los votos tradicionales. Lo único que habían cambiado era el final. Habían sustituido "hasta que la muerte nos separe" por palabras más adecuadas.

—... para la eternidad —dijo ahora Oliver y sintió que se le llenaban los ojos de lágrimas al ver el brillo húmedo que cubría el iris de Ursula.

—Los anillos —incitó el ministro y miró a Blake.

Su padrino se agachó junto a Isabelle y le hizo un gesto con la cabeza, indicándole que era su turno, y la niña se tambaleó hacia el ministro, sosteniendo el cojín con los anillos delante de ella. Miró hacia los lados como si quisiera buscar la aprobación de su madre, cuando tropezó y cayó hacia delante. Pero los reflejos de la pequeña híbrida eran tan agudos como los de un vampiro, y detuvo la caída con las manos antes de que sus rodillas golpearan el suelo, aunque dejó caer el cojín en el proceso.

Un grito ahogado recorrió a los invitados, pero Isabelle levantó la cabeza con una amplia sonrisa, casi disculpándose. Dos pequeños colmillos brillaron en su boca abierta.

Oliver nunca había visto nada más adorable. Él y Ursula nunca habían hablado de tener hijos, pero sabía que con el tiempo los tendrían. Cuando ambos estuvieran preparados.

Parecía que el ministro había visto los colmillos de Isabelle, porque se le arrugó la frente y se inclinó hacia la niña.

—¡Isabelle! —le reprendió Blake en voz baja.

Ella pareció comprenderle y volvió a juntar los labios rápidamente. Tomó el cojín que se le había caído de las manos y, con la ayuda de Blake, volvió a ponerse en pie en cuestión de segundos.

—Esta niña —alabó Blake, guiñándole un ojo a Oliver.

Oliver reprimió una risita.

El ministro tomó los anillos y los bendijo antes de entregar uno a Ursula y otro a él.

Cuando Ursula repitió las palabras del ministro, el corazón de Oliver se expandió lleno de amor y orgullo, de alegría y felicidad.

—Con este anillo te desposo. —Ursula deslizó el anillo en su dedo.

Oliver no esperó a que el ministro se lo indicara, impaciente por que Ursula fuera su esposa.

—Con este anillo te desposo.

Tampoco esperó a que el ministro le dijera que podía besar a la novia. Simplemente, estrechó a Ursula entre sus brazos y la besó.

—Los declaro marido y mujer. —Oyó las palabras del ministro en algún lugar a lo lejos.

—Te amo —susurró contra los labios de su novia para que solo ella lo oyera, aunque sabía que los vampiros de la tienda podrían captar sus palabras. Y puede que los humanos también, pues era un sentimiento que no podía ocultar a nadie. Ni tenía intención de hacerlo.

14

———

Habían bailado. Habían cortado el pastel. Habían brindado por sus invitados, escuchado discursos y aceptado buenos deseos, mientras deseaban en secreto poder escapar y estar solos.

Por fin alguien se apiadó de ellos y anunció que era hora de que los novios se retiraran, mientras el resto de los invitados podían seguir celebrando. Ese alguien era Quinn.

Tomando la mano de Ursula, Oliver se dirigió ahora hacia la puerta del gimnasio que estaba situado en el sótano, en una esquina de la enorme cochera, pensando todavía en las palabras de Quinn de que su regalo de bodas estaría allí abajo y en el consiguiente brillo en los ojos de Rose. Como si hubieran preparado una broma.

Lo sabía todo sobre bromas de bodas: muebles envueltos en papel higiénico, coches decorados con crema de afeitar, camas cubiertas de confeti, las cosas que tus mejores amigos hacían en el departamento mientras la pareja seguía bailando en el banquete de bodas. A Oliver le daba igual la broma que hubieran montado, porque nada podía borrar el alivio que sentía al saber que Ursula ya estaba a salvo. Casi la había perdido esta noche, y necesitaba borrar esos recuerdos creando otros nuevos con ella.

Oliver giró la perilla y empujó la puerta hacia dentro. Entonces se quedó helado, no de asombro, sino de admiración.

A su lado, Ursula soltó un suspiro.

—¡Dios mío!

El equipo del gimnasio había desaparecido.

—Es precioso —susurró.

Solo pudo hacerse eco de sus palabras. Aquél era el mejor regalo de boda que Quinn y Rose podían haberles hecho nunca: un lugar donde consumar su vínculo de sangre lejos de ojos y oídos curiosos. Un lugar solo para ellos.

En el centro de la pequeña habitación había una cama grande cubierta con sábanas suaves y un dosel de tela transparente. La tela que llegaba hasta el suelo, tapizado de alfombras de felpa, convertía la cama en un capullo. A lo largo de las paredes se habían instalado candelabros con velas, y la tenue luz hacía que la habitación brillara como si ardiera una chimenea. Parecía un sueño.

Oliver apartó la mirada de la cama y miró a su esposa. La palabra aún le parecía tan nueva, pero le parecía correcta.

—Hubo momentos en los que pensé que esto nunca ocurriría —dijo, alzando la mano para acariciar con los nudillos la elegante curva del cuello de Ursula.

—Tenía miedo —ella confesó.

—Me aseguraré de que nunca vuelvas a tener miedo. —Él se inclinó para rozarle la mejilla con los labios.

Los brazos de Ursula se deslizaron alrededor de su cuello, atrayéndolo contra su cuerpo.

—Te eché de menos.

—No tanto como yo a ti. —Los últimos días habían sido un infierno. Por fin los habían superado—. Esta semana pensé que tendría que entrar a la fuerza a mi propia casa solo para poder sentirte entre mis brazos.

Ella se rio suavemente.

—¿A la fuerza? Tal vez te hubiera abierto la puerta.

—¿Tal vez? —él gruñó, acercando los labios al cuello de ella y mordisqueándolo.

—Si lo hubieras pedido de buena manera.

Le encantaba cómo Ursula se burlaba de él, cómo le seducía con su voz pecaminosa mientras frotaba su cuerpo tentador contra el suyo.

—¡Qué bien! —Apretó su erección contra el suave vientre de ella, haciéndole sentir lo que ella le hacía.

—Oh —murmuró ella—. Tan bien como me lo pides ahora. —Su mano se deslizó hasta su trasero, apretándolo a través del esmoquin.

Oliver levantó la cabeza.

—Me alegro de que hablemos el mismo idioma.

—Yo también. Pero ¿pensabas hablar toda la noche o prefieres que hagamos otra cosa? —Inclinó la cabeza hacia la cama.

—Bueno, ya que lo pides de buena manera...

Oliver deslizó su boca sobre la de ella y la besó. Le pasó la lengua por el borde de los labios y sintió que se separaban bajo una ligera presión. Sin prisas, introdujo la lengua en su boca y la exploró. Por mucho que la hubiera besado en los últimos meses, ahora era diferente. Esta noche se había convertido en su esposa, y en unos instantes se convertiría en su compañera de sangre. Aquel beso era el que daría comienzo al resto de sus vidas. No tenía intención de precipitarse.

Éste sería el recuerdo que siempre guardarían, el que les ayudaría a superar cualquier obstáculo en el futuro, cualquier disputa en la que pudieran encontrarse, cualquier desacuerdo o malentendido que pudiera surgir entre ellos. Les haría más fuertes como pareja. Su unión sería inquebrantable. Y duraría más que una vida. Su amor duraría una eternidad.

—Te amo —murmuró Oliver, rompiendo brevemente el beso

antes de volver a capturar su boca y verter en el beso cada gramo de pasión y amor que sentía por Ursula.

Se desnudaron el uno al otro lentamente. Capa a capa, la ropa fue cayendo al suelo: primero la chaqueta y la camisa del esmoquin de él, luego el vestido de novia de ella. Por último, los pantalones de él, hasta que se quedaron el uno frente al otro solo en ropa interior.

El sujetador sin tirantes y las bragas de Ursula eran tan rojos como su vestido, pero él se fijó en un color diferente. Deslizó el dedo bajo la liga azul que llevaba alrededor de uno de los muslos.

—Algo azul —susurró, sonriendo—. Quería incorporar también algunas tradiciones occidentales. Fuiste muy complaciente al aceptar todo lo que mis padres asiáticos te aventaron. Quería darte las gracias.

Oliver se lamió los labios.

—Me gusta cómo piensas.

Se señaló el tobillo, haciéndole bajar la mirada.

—Algo prestado.

Oliver vio la pulsera de diamantes que llevaba en el tobillo.

—¿De quién?

—Nina me la prestó.

—Me gusta. Creo que debería comprarte una para ti.

Ella sonrió.

—Creo que deberías.

—¿Qué tal algo antiguo? —él preguntó.

Ursula se llevó la mano a la nuca y sacó la brillante peineta que le sujetaba el pelo. La peineta roja estaba decorada con símbolos chinos dorados.

—Era de mi abuela. Mi madre la llevó en su boda.

—Es preciosa. —Luego la miró a los ojos—. Pero nunca nada podrá ser tan hermoso como tú. La besó, tirando de ella contra la curva de su cuerpo, sintiendo su suave piel contra la suya. Al instante, todo su cuerpo ardió en llamas.

—¿No quieres saber qué es lo nuevo? —preguntó Ursula, apartándose ligeramente.

—Más tarde. —Impaciente, le arrancó el sujetador, se lo desabrochó y se lo quitó.

Puso las palmas de las manos sobre sus pechos, pequeños pero firmes, apretándolos. Ursula gimió suavemente.

Gentilmente, la instó a dar unos pasos hacia atrás, dirigiéndola hacia la cama. Cuando la parte posterior de sus piernas chocó con el colchón, la recostó sobre él. Se veía perfecta sobre las sábanas blancas, como un regalo que él no se merecía. Sus ojos recorrieron su cuerpo, absorbiéndola.

Se apoyó en la cama con una rodilla y una mano, cerniéndose sobre ella, mientras con la otra acariciaba su piel sedosa, reencontrándose con su cuerpo. Una semana sin tocarla había sido demasiado tiempo.

Sus dedos recorrieron el valle entre sus pechos y cruzaron su vientre plano hasta llegar a la seda roja de sus bragas. Se deslizó por debajo, peinando la mata de vello, y sintió que ella abría más las piernas.

El aroma de su excitación llegó hasta él y lo absorbió, dejando que lo drogara. Luego bajó un dedo y tocó su húmeda hendidura.

Ursula emitió un suspiro entrecortado, y luego otro cuando él recorrió su raja y bañó los dedos en su humedad. Su carne se estremeció. Le encantaba lo receptiva que se mostraba cada vez que la tocaba. Y le encantaba excitarla. Y hacer que se rindiera en sus brazos. Como iba a hacer ahora. Con sus manos y su boca.

Oliver usó ambas manos para bajarle las bragas y liberarla de ellas, pero cuando miró su cuerpo desnudo, notó algo diferente. Levantó la cabeza para mirarla fijamente. Ella se encontró con su mirada.

—Algo nuevo —susurró.

Volvió a dejar caer la mirada sobre el pequeño tatuaje que tenía justo encima del borde izquierdo del vello púbico: un símbolo chino y, dentro de él, las iniciales U y O entrelazadas.

—Significa "para siempre" —dijo.

—Me encanta.

Bajó los labios hacia el tatuaje y lo besó. Luego se movió en la cama y se colocó entre sus piernas abiertas, acercando la boca a su coño lloroso. Su lengua recorrió sus húmedos pliegues, recogiendo la humedad que los cubría, saboreando su dulce esencia. Los suaves gemidos y suspiros de ella pusieron música de fondo a sus caricias, y las manos de ella se clavaron entre sus cabellos, haciéndole estremecer de placer. Cuando ella abrió más los muslos, ofreciéndose a él, él deslizó las manos bajo su trasero e inclinó su sexo, dándole mejor acceso. Su lengua penetró en la tentadora hendidura y luego subió para rozar el pequeño órgano que había en la base de sus rizos.

Ursula se retorció debajo de él y él la agarró con más fuerza, llevando las manos a la parte delantera de sus muslos para sujetarla mientras la lamía y chupaba con más intensidad. Intentó ignorar el dolor de su verga, que seguía encerrada en los calzoncillos. Sabía que aún no podía liberarse de la última prenda, o la atacaría como la bestia hambrienta que era. Porque saborear a Ursula y hacerle el amor sacaba todo lo primitivo que había en él. El civismo quedó relegado a un segundo plano, la humanidad borrada. Todo lo que quedaba en su interior era puro vampiro: voraz, insaciable, intenso.

El impulso de hacerla suya era ahora más fuerte. El vampiro que llevaba dentro sabía que esta era la noche de su vínculo de sangre, que esta noche se convertirían en uno. Y el vampiro estaba impaciente.

Sus caderas se sacudieron contra el colchón, moviéndose hacia delante y hacia atrás para aliviar un poco su miembro. Fue en vano. Oliver sabía que solo había una forma de aliviarse: dentro del cuerpo de Ursula.

Gruñendo, le lamió el clítoris cada vez más deprisa. Ursula se agitó, su cuerpo estaba tan cerca de la liberación que casi podía saborearla. El sudor le goteaba por la cara y el cuello y, para su horror, sintió que sus manos se convertían en garras, que sus uñas se afilaban hasta convertirse en púas.

—¡Oh, Dios! —gritó Ursula.

Entonces un escalofrío recorrió su cuerpo, sacudiéndola visiblemente mientras su orgasmo la reclamaba.

El vampiro que llevaba dentro salió a la superficie, desatado por la llamada de su compañera. Sus garras atravesaron el calzoncillo, liberándolo al fin. El aire frío sopló contra su ardiente verga, pero solo durante un segundo. Más rápido que nunca, penetró en ella hasta la empuñadura. Un suspiro ahogado escapó de su garganta mientras sus músculos interiores lo aprisionaban, aún temblorosos por el orgasmo.

Incapaz de contenerse, Oliver la sacó hasta la mitad de su apretada envoltura y volvió a introducirse en ella. Y de nuevo. Su lado vampírico se desbocó, cogiéndosela con fuerza y rapidez.

—¡Lo siento! —gritó—. ¡No quiero hacerte daño!

Siempre había pensado que la unión sería un asunto tierno, una lenta fusión de cuerpos, un suave acto de amor. No había contado con que su lado vampírico se apoderaría de él tan completamente y no le dejaría elección alguna.

Vio cómo su garra se cortaba en su propio hombro para crear una pequeña herida sangrante, antes de bajarla hacia la cara de ella.

—¡Bebe de mí! —él le exigió, con voz ronca y apenas reconocible.

Ursula debería rechazarlo, temerosa de lo que pudiera hacerle, pero no hizo nada de eso. En lugar de eso, colocó los labios sobre la incisión y la lamió, sorbiendo la sangre que rezumaba.

Todo su cuerpo se estremeció.

—¡Oh, Dios! —murmuró.

Nunca había sentido nada igual. Era como la caricia más sensual. El abrazo más tierno. Los movimientos de su cuerpo se hicieron más lentos, volviéndose más suaves y tiernos. Entonces sus ojos se fijaron en la vena palpitante de su cuello, en cómo le llamaba, le pedía que la tomara.

A cámara lenta, él bajó los labios hasta ella, sintiéndola estremecerse cuando conectó con su piel. Sin prisas, abrió la boca y la rozó con las puntas de los colmillos. Lentamente, atravesaron su piel, descendiendo hasta su carne.

Él bebió de su vena. La sangre se precipitó en su boca y bajó en cascada por su garganta. Había bebido de ella muchas veces, pero esta vez era diferente. Esta vez ella también bebió de él. Se creó un círculo, un vínculo inquebrantable entre ellos.

La mano de Ursula se deslizó hasta su nuca y lo apretó contra ella.

Tómame, tómame toda, oyó que sus pensamientos se dirigían a él y supo que su vínculo se había establecido.

Saber que ahora eran uno le catapultó al límite. Su clímax recorrió su cuerpo como un tsunami, imparable e incontrolable.

Los músculos de Ursula sufrieron un espasmo y ahora él podía sentir su orgasmo mientras la recorría en oleadas, igual que ella sería capaz de sentir su clímax y experimentarlo como si habitara en su cuerpo.

Tan hermosa, él pensó.

¿Será siempre así? preguntó ella, sin dejar de beber su sangre, mientras él seguía chupándole la vena.

Sí, siempre.

Porque se aseguraría de que siempre fueran tan felices como lo eran ahora. Sin importar lo que cueste. Porque ella era su vida, igual que él era la suya.

Orden de lectura de las series Vampiros de Scanguards y Guardianes Invisibles

Vampiros de Scanguards

Híbridos Scanguards

Los Híbridos Scanguards también se numerarán dentro de la serie
Vampiros de Scanguards (SV 13 = SH 1) para preservar la continuidad.

SH 1 (SV 13): La Tempestad de Ryder
SH 2 (SV 14): La Conquista de Damian
SH 3 (SV 15): El Reto de Grayson
SH 4 (SV 16): El Amor Prohibido de Isabelle
SH 5 (SV 17): La Pasión de Cooper
SH 6 (SV 18): La Valentía de Vanessa
SH 7 (SV 19): La Seducción de Patrick

SOBRE EL AUTOR

Tina Folsom vive con su esposo en California, donde disfruta de buena comida, el clima cambiante, y tolera los terremotos ocasionales.

Las ideas para sus libros vienen de sus muchas carreras diferentes: CPA / Contadora, Corredora de Bienes Raíces, Chef, Secretaria, Au-pair, entre otros, así como los muchos países diferentes en los que ha vivido y la gente que ha conocido con el pasar de los años. ¿Y los vampiros? Bueno, atribúyanle eso a su tan activa imaginación.

Suscríbase a mi boletín electrónico:
https://tinawritesromance.com/newsletters/

www.tinawritesromance.com
tina@tinawritesromance.com

facebook.com/TinaFolsomFans